BEAUTY
AND
THE CITY

这世界欢迎梦想与美貌

桃子与司康

作品

湖南文艺出版社
HUNAN LITERATURE AND ART PUBLISHING HOUSE

博集天卷
CS-BOOKY

时间与苦难并不能消灭所有。情感、记忆、经历，使我们成为我们，

哪怕沧海桑田，翻天覆地也不会改变。

BEAUTY AND

THE CITY

BEAUTY

AND

THE CITY

前言
带上我的桃子与司康，陪伴你的美貌与梦想
/ 001

目录
CONTENTS

目录
CONTENTS

教训自己看不惯的人固然很重要，可比这更重要的是，风向扭转时，不能站到失败的立场，不能城门失火，不能做输得难看的那一个。

我们都有缺陷，都有遗憾，但我们都愿意帮助对方成为更好的人。当你遭遇不幸，又当局者迷，当你成为透明人而不自知，我即便无力把你拉出来，也至少愿意陪在你身边。

在不同的人面前，在做不同的事情时，在不同的身份之中，我们有不同的面貌和内在。

因为缺乏安全感，而去选择安全牌，但其实，没有任何选择能永远安全。

她并不是在追寻某个人，她是在追求"身在感情中"的那种状态，

或者说，她在盲目地寻求着爱。

PREFACE 前言

带上我的桃子与司康，
　陪伴你的美貌与梦想

日本的大公司在面试应届毕业生的时候，会问些稀奇古怪的问题。这些问题标榜着"看似无厘头，实则暗藏玄机"的架势。

比如，如果一个月后你就会失明，你将如何规划最后这段光明的时间？

比如，如果用一种动物来代表你自己，那会是什么？

比如，请用一种颜色来形容你对我们公司的印象。

对于有备而来的人，这些问题其实都不算啥，面试有面试的技巧，只要能迅速抓到"这个问题背后，面试官想了解的到底是什么"，总归能对答如流。但即便如此，还是有"爱较真"的人，无法盲目地沿着套路走。

"如果碰上一家公司问我用哪种动物来代表我自己，我就算拿到 offer 也不会去。"说这话的，是比我小两届的大学学妹麦麦。

麦麦是有资格这么说的。她是她那届高考留学生的文科榜眼，带着两项奖学金进了早稻田大学的王牌专业，加上其得天独厚的靓丽外形，对渴求人才的大企业来说，可谓是满分选手。然而她的求职历程，却没有大家想象中那么轻松顺遂。因为纵然她对套路了如指掌，内心深处，她依然不情愿放下所有原则去说违心的话，尤其在面试一些令她心怀憧憬的公司时。

"那，如果是让你用一种动物来形容企业呢？"我问。

"那就没问题。"她说。

"所以，你只是不愿意用动物形容自己？"

"不是不愿意，而是不知道啊！"她看着我真诚地说，"你可以问我的优点、缺点、弱点，这些都只是我的某一部分，我答得出。你也可以让我用一种动物比喻企业，因为任何企业都有固定的文化和形象。可是，你让我用一种动物来代表自己？我是一个人，人是多么复杂的存在啊！我既可以是狗，也可以是猫，时而变猛虎，偶尔狡猾得像狐狸，又有非常鸵鸟的一面……我身体里住着不知多少个不同层面的我，用一种动物来概括，臣妾真的做不到啊！"

"你啊，就是太较真了。企业问你这个问题，也不是真想知道哪种动物跟你百分百一致，不过就是想看你如何总结自己的特点罢了。"

"嗯，我明白，但这并不影响我觉得会问这种问题的企业是傻×。"麦麦优雅地翻了个白眼，"如果在求职时我就觉得他们是傻×，那入职后的日子会好过吗？长痛不如短痛。offer 这东西也不是拿得越多就越好，我们报这么多家志愿，东试试西试试，无外乎就是在寻找真正适合自己的。求职是一个双向选择，如果我不够优秀，你当然不选我，那如果我觉得你是傻×，我也可以不选你。"

麦麦最终去了一家非常"不傻×"的公司，在面试时就十分合拍。果不其然，入职后工作起来也非常充实愉快。

是的，选职场就像选恋人，并不是"爱谁谁，只要能找到个对象就行"，也不是"处处迎合，有越多人爱我就越好"，而是在探索与彼此了解的过程中，选择最适合自己的，互相扶持，一起幸福。

不过，比起这一点，更令我印象深刻的，还是麦麦说出的另一句话——人是多么复杂的存在啊！我们的身体里，可能住着不知多少个不同层面的自己。

我 19 岁来日本念书。大学里，同学们不愿叫我本名，因为我的姓氏配上敬称后与"爸爸"谐音，显然没有哪个同学乐意吃这个亏。

所以同学们叫我 momo，在日文里是"桃子"的意思，与我的姓氏呼应。

大二时，我出演了雪漫姐的青春小说《秘果》中的于池子，雪漫姐和其他演员都直接叫我桃子，网上关注我的朋友们便也跟着这样叫，它真正成了我的代称。

还别说，自从叫了"桃子"，整个人还真越来越像桃子了。它的甜蜜和圆润，都体现在我真实的生活里。我想，名字是会对人产生潜移默化的影响吧。可是当我快要大学毕业时，我突然发现，我不想当桃子了，甚至想摆脱这个一直以来人们称呼我、投射在我身上的形象。于是有三四年的时间，我不再在任何场合里使用它。

现在想来，不是我不喜欢身为桃子的自己，而是，在二十出头的年纪，在一个个十字路口前，在那个我们奋力地去寻求世界、审视自己的人生阶段，仅仅做桃子，对我来说，太不够了。

曾经，中二气息十足的我觉得自己身体里仿佛有一个宇宙。不足道的往事，被尘封到好像不曾发生过的回忆，堆簇成一个过于矛盾的麻烦精。性格多变，思绪闪烁，常常单纯得像个弱智，可暴躁起来也非常狰狞，一半在艳阳中温柔热情，一半在荒芜海底久久地沉默。

后来，越长大越发现，其实每一个人，身体里都有一片宇宙。因为我们有不同的故事啊。没有一个词或一种比喻，能真正传神地概括我们。在不同的人面前，在做不同的事情时，在不同的身份之中，我们有不同的面貌和内在。

桃子的甜蜜、天真、热情，确是真实的我，但不是全部的我。除此之外，至少还有另外一面，是内敛的、悲观的、心事重重的我。虽然听着都不是什么好词，但那一面的我，也是我爱着的我。

有在镜头前开怀大笑的，便有在衣橱里抱腿发呆的。

有用照片记录下活泼身姿的，便有在深夜一字一字敲出内心故事的。

有阳光普照，便有阴晴不定；有大起大落，便有若即若离。

这些都是我啊，这些都是你啊。

只是对我来说，前一半是桃子，我知道。后一半是什么？似乎空缺了好久。

2012年夏天，在奥运的圣火燃烧了整个伦敦时，刚毕业不久的我去参加了老友的婚礼。在剑桥住了两天，在伦敦住了三天，就不得不赶回东京上班。临回去前，我和几位好友去吃了伦敦市中心有名的下午茶。

那不是我第一次吃到司康，却仿佛我从前吃过的司康都是假的。毕竟它作为一种茶点，实在长得太不起眼，就像一群孩子里最不容易受到大人关注的那一个。我仔细咀嚼着、端看着它，觉得自己遇见了世上最好吃的点心。

　　我认识很多时髦的姑娘，特别钟情马卡龙。大概也就在刚念大学时，这种甜美精致的法式甜点突然在亚洲流行起来，一时间，买到名牌马卡龙成了一件特别'懂生活'的事情。喜欢马卡龙的人，有时也活得像马卡龙一样，俏丽、甜蜜、令人无法不注目。而在伦敦的那个下午，当我真正遇见了"司康小姐"时，我明白了，我天生就不是马卡龙，相比之下，我更喜欢那一大坨形状怪怪的、安安静静的、绵密柔情的司康饼。它的温存，它的回味，并不是谁都能了解。

　　于是，我不再莫名其妙地抵触桃子了。我想我找到了一个平衡，一个表达自我的出口，那空缺很久的"后一半"。

　　一年多以前，我把微博名改成了"桃子与司康"，掉了好多粉（笑）。不少朋友劝我，你叫这个名字没人能记得住。也总有新粉丝问我，司康是什么？是你男朋友吗？我就一遍遍地回：不是，司康是我本人。

　　但我不觉得烦，也不后悔被朋友们笑话"毁人设"。

　　那个热爱生活，乐于分享，在镜头前嘚瑟地蹦跶，仿佛没有烦恼也无所畏惧的桃子，她给我甜蜜；那个深入海底，从沉默的暗流中汲取力量，一边跟着灵魂奔跑一边浅吟低唱的司康，她令我平静。

她们，都是我。

麦麦说，会问出"哪一种动物能代表你"这种问题的企业都是傻
×。这……我倒不敢说。但我觉得，所有知道你一点点、认识你一点
点，就以为自己看见了所有，掌握了宇宙的奥秘，有资格对你的人生
高谈阔论的人，都是大傻 ×。

他们的恶意不以说脏话来体现，而是对你的生活指指点点、自以
为是地说教、廉价的好感或偏见。他们不懂分寸，把一切归结于"直
率"，他们似乎也不能够明白，我们从来不是由某一件事、某一方面
所体现出来的单一属性而组成的。我们人类，是多面的、矛盾的、精
彩的、复杂的、饱满的存在。

或许这也是为什么《东京女子图鉴》这样一部小成本零宣传的网
剧，扎进了那么多人的心吧。因为那女孩，虽然极端，虽然做出了很
多令人瞧不起的事，但她是真实的血肉之躯。有欲望、有懦弱、有失
意、有愚蠢、有野心、有小确幸、有无限可能、有遍体伤痕，还有，
永远比失败多一次的，站起来的力气。

你说她是好人，还是坏人？

都不是。

她就是某一部分的我们。

这是我在 16 岁用别名出版小说后十多年来，正式出版的第一本书。

当我的责编告诉我，编审团队想将书名拟定为《这世界欢迎梦想与美貌》时，我的第一反应是，你在搞笑吗？

我毫不掩饰地告诉他，我不能接受。我的文章从来没强调过美貌，更不曾宣扬任何"美貌论"式的价值观。要知道，原本我们是打算一张我自己的照片都不放，全用意境图来做插页的。而这样一个书名，会不会太强势、傲慢、肤浅。"梦想"就算了，什么叫"这世界欢迎美貌"？这不是找骂吗？

责编跟我解释了拟名原因，并劝我说，"美貌"可以有很多种解读，这个词很妙，为什么你只把它限定在"脸"上呢？这何尝不是你带有偏见的解读呢？

我同意，一个词可以有很多含义，甚至同时具备褒义和贬义，只是……这个词未免太显眼，我就算心再大，也不想因为这样一个书名而被误会啊。

责编说，你再考虑考虑，你如果不同意，它就肯定不能当书名，但，我还是希望你好好考虑，其实，这名字和这本书和你，是很默契的。

后来，如你们所见，《这世界欢迎梦想与美貌》面世了。

　　我没有妥协，我是真的接受了，也喜欢上了这个名字。它看起来直白，其实很值得回味；它看起来挑衅，其实暗藏美意；它很容易被误解、被质疑、被讨厌，但……那不就是我们吗？那不就是故事里的每一个主人公吗？

　　这本书中有十八个鲜明而迥异的女孩，十三篇正在上演的故事，无数种际遇的可能，凝为一个温暖的现实。而我写下的每个女孩，都是绝美的，不在于五官，不在于身高，不在于皮肤、发质、妆容，而在于她们越活越美的坚强轨迹。

　　她们的美，为我所爱，也是我真正要传达的。她们是丰富的、矛盾的，在阳光照射不到的地方，有肉眼看不见的伤痛，有成长背后的代价，有不为人知的真相。她们很独特，就跟你一样。

　　如果被误解是一切的开始，那么，谁的人生又不是这样呢？

　　这世界欢迎梦想与美貌，它欢迎每一个卑微而不敢与外人说起的白日梦，也欢迎每一张哭过、笑过、有些干燥和细纹、生理期一到就冒痘，但从不对自己失去信心的灿烂容颜。

　　你未必是天鹅，未必是孔雀，未必是任何一张单一的面孔。你也许是熊猫和长颈鹿，也许是鲨鱼和袋鼠，也许是野猪和小白兔，也许是熊猫长颈鹿鲨鱼袋鼠野猪小白兔。如果下一次有人问你像哪一种动物？你若正有空，不妨帮他数一数。

　　你看，我们穷尽一生，带着这样神秘而多面的自己，走在与世界打交道的路上。而我，很高兴有这样一段缘分，与你同行。带上我的桃子与司康，陪伴你的美貌与梦想，走向下一程远方。

　　　　　　　　　　　　　　　　　你的朋友：@桃子与司康

　　　　　　　　　　　　　　　　　2017 年 6 月 6 日于东京

BEAUTY

孤星之光

AND THE CITY

1

Fish 之所以叫 Fish，是因为从小就喜欢鱼，喜欢到从来不吃。

按说这种缺少蛋白质的饮食习惯应该多少影响点智力发育吧？但不，她身体瘦瘦小小，头脑却发育得比谁都好。

尽管这年头，才貌双全的女孩已是车载斗量，衡量优秀的标准也早已不再单一，可 Fish 依然是一个罕见的，几乎在任何标准下都能杀入榜单的人。

她究竟有多优秀呢？

从小就是一学霸，编得了程序，写得了诗词，还弹得一手好钢琴。

18 岁那年拿下了哈佛和耶鲁的录取通知，却转头去了哥大——用人家自己的话说："你是一个什么样的人，远比你念着什么学校要重要。"

到了纽约后，她迷上了艺术，每周都去百老汇观剧，自己也钻研起胶片摄影来。钻着钻着，干脆就兼职做了摄影师，跟当地许多年轻的艺术大触成了好朋友，在社交网络上吸引了一票脑残粉。

不崇尚读书却勤奋读书的 Fish，本科四年 GPA 接近满分，被谷歌和高盛双双录取。在毕业典礼上，作为优秀留学生代表，Fish 被邀请讲话。她讲着自己对哥大建筑的喜爱，讲着生日前夜爬山观星的回忆，讲着友情，讲着思索……最后，她用一向淡定而清澈的声音说，大学对她的意义，第一是认识自己，第二是认识世界，做学问只排第三。

台下掌声四起，同学们由衷赞叹着："排第三的事都做得那么让人望尘莫及，第一和第二简直不敢想啊……"

那时候大家还小，就算走过了寒窗十余载的慢慢求学路，就算这一路的成长轨迹已足以带来一些坚定和自信，但那时的我们依然不知道，在未来，也许仅仅是几年之后，社会、生活、梦想、职业、现实……这种种概念的纠缠反复，会让我们搞不清自己是谁，为何而来，人生的意义是什么。

是的，我们都曾欣欣向荣，都曾天马行空，都曾不屈服于平凡世俗的条条框框，都曾对自己起誓，要过不一样的人生。所以那个年纪的我们很难明白，在 Fish 口中排在第一和第二的事情，是真的，真的比第三要重要得多。

2

来说说我和 Fish 的相识吧。

在我的老家东北，有一所家喻户晓的学校——树德中学。它被言过其实地捧成了东北三省最牛的学校，在家长之间流传着"考进树德就等于一只脚迈进了北大清华"这么邪乎的说法。不少外市的孩子离乡背井地来念书，一学期才回一次家。学校为家远的学生建了宿舍楼，不光外地生，不少本地学生也住着，因为老师和家长们都觉得，与其把时间浪费在上下学的路上，不如在学校里多学一会儿。

树德中学体系庞大，初中和高中设在不同的校区，光是初中校区，便依据新生们的成绩特长、升学规划、个人志愿（其实也就是家庭条件）划分了五个"学部"。不同学部的授课内容有不同侧重，加上教学楼都是独立分开的，学部与学部之间，有着微妙的距离感和神秘感，即便是同一届的学生，也有至少七成人直到毕业都互不相识。

这样的一所学校，除了挤破脑袋的优等生以外，必然也有砸大钱进来的关系户。于是乎，超级天才、超级笨蛋、含着金汤匙出生的官富后代、资质平庸但以勤补拙的工薪阶层小孩，形形色色高低明暗，都聚集在金光闪闪的树德中学。学校还因为承担着社会贡献指标，而每年录取一两位身体有残障的学生。说这里俨然是个小社会，一点都不夸张。

这就是我的母校。

它从各种意义上，都影响了我的一生。其中很重要的一点便是，在这里，我见识了各种各样的人，见证了他们后来的人生轨迹，也交到了许多独特又有趣的朋友。

Fish，必须是第一个。

说起来，我们俩同届但不同学部，一直是八竿子打不着的关系。不过嘛，各个学部总归都有那么几个全校闻名的人，Fish 就是这样的人。我呢，嗯……勉强算半个吧。

初中三年，我们偶尔在全校级的活动中擦肩而过，却没正式说过一句话。升上高中，我们在不同的校区，连肩都擦不到了，但我的高中同桌恰巧是 Fish 初中时的同班同学。

据她说，Fish 不光学习好，还极具异性缘，如果那个年代就流行"女神"这种叫法，它必然是 Fish 的代号。

"恕我直言，Fish 的长相……也就还好啊，不是啥大美女吧，你们学部就这么没人吗？"我刻薄地打趣着。

"你不知道，Fish 是走高冷路线的，不食人间烟火。我们学部有一校花，特别美，她和 Fish 两个人，就是我们那届最风光的女生。校花长得美，男生追她无可厚非，可是 Fish，真就是气质取胜，而且追她的还都是全学部最帅最帅的男生啊！她简直就是男神收割机！"

同桌讲得眉飞色舞，就差喷口水了。虽然听起来很夸张，但同桌不是说瞎话的人，我相信她的描述是真有其事的。

18 岁那年，Fish 去了纽约，我来了东京。原本应该再无交集的我们俩，却因为校园社交网络的蓬勃发展，而成了偶尔彼此留言打招呼的网友。

我必须说，同样作为女孩子，我对 Fish 是有好奇心的。毕竟在种种道听途说之下，她的人设实在太玛丽苏了，在现实生活中是绿茶 × 或装 × 犯的概率真的很大。然而，大学毕业几年后，当我们在香港第一次正式见面时，我就妥妥地傻眼了。

她比我儿时印象中要更美得多，肤白纤瘦，五官清秀，自信淡定。更重要的是，她浑身上下都散发着浓郁的北方女汉子气息，真担得起那八个字——心有猛虎，细嗅蔷薇。

见第二次时，我便跟这头戴花猛虎回了家。

3

Fish 在中环独居,公寓月租 2.5 万港币,比一般人的工资都高了。

我们通过层层安保,终于进入那精致的小小套间。她甩开名牌手包,换上一身松垮 T 恤,把茶几上的蜡烛点燃,拧开音箱,又从厨房拿来仅有的一瓶香槟。

"我一直好奇,F1 庆功之类的时候,他们好像用拇指一拨瓶塞就开了,是怎么做到的呢?"我仿佛在自言自语。

"你知道吗,像在庆功 party 之类的场合疯狂摇动香槟以求开瓶时泡沫狂喷,是一件很蠢很浪费的事,再有钱都不该那么做。图气氛,用瓶廉价气泡酒就得了。你不觉得吗?没了气泡之后平静下来的香槟,看起来特可怜,像美人迟暮,英雄归隐山林去放牧。"她一边说,一边拿毛巾包住瓶口,伴着一声清脆的"嘣",瓶塞就跳开了。

倒上美酒,关上灯,就着几方蜡烛的柔和光线,配着悠扬的古典乐,我感慨地说:"这么一比,我活得也太糙了……"

"噗……才没有。"她笑着解释,"这些家具都是 IKEA 不能重组的便宜货,蜡烛呢,都是我男朋友临走前一天给他饯行时用剩的。"

哦,对了,Fish 的男友 Hank 在半个月前去了美国。

"小时候听说，追你的男生车载斗量，可你高冷得要命。大学这几年从没见你在网上表露过感情状况，所以我一度以为女神是眼光高到无人能拥有的。"我贱贱地笑着看她。

"拉倒吧，我可是叛逆闯祸早恋，一个都没少。高中时有一男生喜欢我三年，可我一直有校外的男朋友。直到学部毕业晚会上，他当着几百号师生家长的面跟我表白，我妈都看傻了。那时挺感动的，也正好单身，没顾上想太多，就在一起了。"

嗯，Fish 这场轰轰烈烈的恋爱，我也有所耳闻。虽说高中在不同校区，毕业典礼也是分开举办的，但像这种"当众表白"的逸事，总归会传遍全世界的。

那个假期，告白成功的男孩陪 Fish 去了西藏和尼泊尔，那是 Fish 早就计划好的毕业旅行。

"说起那次旅行，我真的很感激他，因为是我执意要坐火车去，每一处行程都是我决定的，那时候中了文青的毒嘛，但我真没想到条件会那么艰苦，路程会那么艰险。"Fish 说。

"有一天晚上赶路，我们包车的司机因为疲劳驾驶，精神有点恍惚。山路本就不好走，那晚还下着雨，我看司机都已经眼皮打架了，分分钟就要睡过去的样子，我就坚持着跟他说话。那时候我也困乏得不行，脑子里就绷着一根弦，如果我睡着了，我们今晚一定会死在这儿的。

"可是，然而，我还是睡着了，累到那个程度，意志力根本控制不了身体。等我恢复意识的时候，天已经亮了，我一下子弹跳起来，紧张地看着四周。

"雨过天晴，高原上的风景美到失真。我甚至用一秒钟去分辨了下，这是死后升天了还是怎样。然后我看到刚刚盖在我身上被我掀掉了的毯子，和坐在我身边，镇静温柔的他。

"他在我睡着以后，跟司机聊了一整夜，想尽办法让司机保持清醒，直到我们爬完山路，到达休息区。"

Fish边说边拨弄着耳边的碎发，那段回忆之于她，久远却清晰。

"他一定很爱你。单恋三年，求而不得，这样的心情，在终于得到了机会后，一定迫不及待地想要为你付出。"我感慨。

"是，可他的爱越强烈，我越无所适从。"她微微皱眉，像是自责的样子，却又十分坦然，没有纠结，没有辩解，"这段感情只维持了半年，我们在美国的不同城市留学，异地的那段日子让我越发确定了自己不爱他这个事实，就跟他分手了。那之后很快，我在纽约喜欢上了另一个男孩。我知道我一定伤他很深，但没办法，我对他原本就只有感动，不可能持久的。"

"哼！原来你是这种人！"在八卦面前，我正义凛然，两眼放光，

"那后来呢后来呢？"

"后来，我就跟纽约那男孩在一起了呗。我很喜欢他，可问题就是，我从来没这么喜欢一个人过。以前觉得特有病的事，比如查男友手机短信什么的，我自己居然也开始干！"说起这一段，Fish 的表情生动起来，有些哭笑不得的样子，"而且，我们的感情也不平衡，两个人一起生活，一定有需要彼此迁就的地方，我会为他努力改变，他却从来不会为我这样做。"

"哈，你也有这一天啊！总算有人替树德中学前赴后继拜倒在你裙下的才子们出了口气啊！"

"笑吧，尽情地笑吧。"她两手一摆，做缴械投降状。

"所以……别告诉我，这场恋爱你是被甩的一方？"

"嗯……不是。"

看，我就知道。

"那次恋爱让我明白了，感情里不只有吸引和依赖，还有更多涉及人生层面的现实问题。不过正是这些问题的存在，让一些原本会很艰难的决定，变得容易了一些。"

"比如？"

"比如，在那段感情里，最令我痛苦的是，那男孩真心觉得，女人在家相夫教子便好，没必要工作。我最引以为豪的独立自强这一点，完全没有得到他的欣赏，这让我非常沮丧。

"所以大学毕业时，我特意签到香港来工作，为了脱离他，给自己一个冷静而私有的空间，重新开始一个人的生活。然后我发现，我很享受这样的生活，渐渐找回了正常的自己，更加自信和快乐。我明白这才是我想要的状态，就隔空跟他分手了。"

"你看明星离婚的时候，最爱用的一个理由就是'不可调和的矛盾'，这个词用得真好。"她继续说，"长痛不如短痛的道理，谁都会讲。可分手，从来都不是个容易的决定。如果只是不痛不痒的矛盾，人们在感情的麻痹下，经常就得过且过不去计较了。但如果遇到难以调和的矛盾，就意味着必须做出颠覆性的妥协，甚至否决掉原本的自己，才能解决问题。想想看，什么样的问题，什么样的男人，什么样的爱情，值得你践踏原则、抛弃自我呢？所以，所谓'不可调和的矛盾'，反而能帮助人下决心割舍。"

Fish 掏心掏肺地向我诉说着。

她神情恳切，不带有一丝迷惘或耿耿于怀。我知道，从提出分手的那一刻起，她就明白自己是对的，她从没有后悔过。

"也许在感情开始的时候，你们之间的天平，是你对他的迁就和依恋更多一些。但是我敢打赌，在你们分开时，他的依恋和难过要比你多。也许现在你早已忘记他了，但他，一定忘不掉你。"我说。

Fish 歪歪头，眼神低垂，回忆着分手后这几年里两人又偶然遇到的情景，似乎在为我的笃定寻找依据。

沉默了一小会儿，她抬头看着我说："是的。"

"女神，请问你的现任 Hank 先生，知道你从小没闲着的丰富情史吗？"我调侃。

"还好吧，也没很丰富嘛。"她笑着挥挥手，"下一个就到 Hank 了。"

4

此前，在我和 Fish 的第一次见面中，我已经了解到一些她和 Hank 的恋爱细节。比如他们那非常美式电影的相遇——

Fish 工作第二年被派到美国总部研修，而 Hank 就在那里工作。他们在公司里遇到时，离 Fish 研修结束只剩两周。

两人一见钟情，一分钟也不浪费地约会起来，直到 Fish 返港。虽然只有短短两周，可是美妙得足够拍成一部好莱坞小成本爱情电影。

这一次，她遇到了一个与她在天平上能够站成一线的人，彼此吸引，互相迷恋，不多不少，刚好相爱。

"像你这么讨厌异地恋的人，能在注定要异地的前提下与 Hank 交往起来，也不是个简单的决定啊！"我说。

"其实离开美国时，我还不确定我们的关系会怎么发展。可是回到香港后不久，一个我们共同的朋友就跟我说，Hank 不是认真的。我当时非常震惊，立刻打电话给他说，既然你只是玩玩，咱们就别联系了。过一会儿，他回电话给我，让我查收邮件。我一看，他订了当天的机票来香港，大概二十小时之后吧，就站在了我面前，亲口来跟我说，他是认真的。

"你没办法要求一个男人更多了，不是吗？"

Fish 停顿了一下，像在回味自己刚刚说的话。

"其实在我们交往之前，他已经在西岸找好了新工作，想等领了年终奖再辞职的。不料遇到了我。他说持续异地对感情不好，就放弃了奖金，提前半年辞了职来香港陪我。

"我们一有空便全世界地四处旅行，都是他主动为我付机票酒店钱。其实我赚的也不比他少，但他坚持要照顾我。跟我在一起这大半年，他的小金库差不多都花光了。"

Fish 的语气，自责中带着自豪的甜蜜。

"Hank 是一个从里到外充满阳光的人，跟他在一起总可以受到鼓舞，我很感恩能够遇到他。可是……我们现在距离太远了，时差也太困扰了。世事无常，谁都不能保证明天会怎样，所以我也不能断言，我们的感情一定会有好结果。"

Fish 又沉默了，把杯底的香槟饮尽。酒精在她脸上染上一层红润，她的眼里浮着薄薄的雾气。烛光映出她柔和的剪影，我第一次清楚地看到了，她大方敞开的心。

5

时针走过了凌晨一点，我第 N 次调整了坐姿。Fish 家的沙发不大，我俩各自占据着两头，抱着松软的靠垫半坐半倚着，偶尔碰到对方伸直的双腿，很亲近，很放松。

"要不，你也去美国工作不就得了？"我就着刚刚的话题，为她支着。

"美国吗？我就算去，也不会是西岸。洛杉矶、旧金山那样的地方，度假当然好，可要我在那边长期生活，没办法。"

"天哪！为什么？"我难以相信世上会有不爱洛杉矶的人。曾经住在那里的日子，至今都是我人生中最美妙的时光。

"因为……我喜欢的城市，要拥挤、忙碌、包罗万象。比如北京。香港也不错，虽然这里的规律很简单，女孩子都在比长得好不好看、拎什么包、男朋友有没有钱，再没别的了，不过简单也有简单的好处，至少你的兴趣和喜好的东西，在这儿总归都能找得到。

"可是都不如纽约，我还是最喜欢纽约。不管你什么性格什么打扮，隐藏着怎样的过去，幻想着怎样的未来，它都能接受你。"

"你不觉得纽约很臭吗？"我有感而发。

"我不在乎啊，就像我爱北京，就不在乎北京空气不好；我爱香港，就不在乎出租车司机态度差什么的。我是个停不下来的人，如果太长时间窝在一成不变里，就会很不开心。"

"那……你现在开心吗？"我问。

从小到大在学霸和女神的标签下长大，拥有一流的学历，做着世人称羡的工作，懂音乐爱艺术有品位，追她的男人排队排到尖沙咀……呃，随便想想，这样的人生，也是没道理不开心吧。

"从哥大毕业那天，我拿着毕业证书，知道一个前所未有的新阶段开始了，那和考入树德中学或者考入哈佛耶鲁都不一样，那是一个真正的'完成'和'做到'。

"我带着爸妈在美国旅行了两周，在回程的飞机上，我坐在中间，一左一右挽着他们俩的手，那一刻，我真的很开心。我完成了学业，多年的勤奋得到了圆满的回报。而在即将开始的未来，有一份有趣又充满挑战的工作在等着我，从此我真正做到经济独立、人格独立，可以全权掌控属于自己的人生。

"是的，那时候，我是很开心的。"

她认真地回答我。

"至于现在，我只能说，我很满意目前的状态。我依然对我的工作充满热情，而且它并不像外界所猜想的那么残酷。我每天只工作十二个小时，晚上还可以约朋友吃吃饭看看电影。我赚着足够多的钱，够我去实现任何兴趣或奢侈。是的，一切都很好，但这就让我懈怠，因为我已在这样的状态里停留了太久。如果我不多去尝试其他的可能，怎么会知道自己真正想做的是什么呢？"

"所以，香港不会是你的终点，对吗？"我渐渐地能够懂得这位老朋友了。

"也许，是的。我没有一定要待在香港，也没有一定要留在某个行业。我不会因为在一个地方交了很多朋友就不舍得离开，我知道到了新的地方，我还会交新的朋友，我会更期待后者。我需要生活不断有新的改变，至于是变好还是变坏，倒无所谓。"

"亲，你是从小就这么……牛×吗？"我脑海中浮现出 Fish 戴着头盔去伊拉克当战地记者的画面。

"哈哈！"Fish 坦然接受着我的赞叹，摇晃着手中的酒杯。香槟残余的薄薄泡沫如浪花般拍打在杯壁上，她在浪花之中，凝视着自己那被倒映得有些变形了的影子。

然后，她像想起了什么似的，转过头看着我说："司康，你见过 2 月初的树德中学吗？"

6

我没有见过 2 月初的树德中学。

每年 1 月中旬左右，所有科目的期末考试就结束了。1 月末 2 月初，正是春节前后，即便学校再变态，这两三周也是要放寒假的。同学们都热泪盈眶地拥抱着假期，谁去管没人的校园长啥样呢？

"我见过。"Fish 说，"还有每个学期，凌晨五点的校园。"

"你是住校生？"我糊涂了，Fish 明明是本地人啊！

"嗯，我家离学校其实也不算太远，但我初中三年都住校。"

她看向我。

"司康，你知道我是什么时候开始注意到你的吗？"

"什么时候……难道不是大学时在人人网上？"

"不是，我初二就开始注意你了。"她歪歪头，俏皮地一笑，"初二开学第一周，我们班值周，我的岗位在北门。那整整一周里，每天早上都有个人把自行车飚成汽车似的，踩在关门前几秒闯进来，把车随便一停，风风火火地往教学楼跑。那个人就是你。"

嗯，是了，这么光荣的黑历史，很难逃避不认。

"那时候你是不是想，这家伙没救了，没有时间观念，学习态度不端正，自制力差，还飚车……"我主动地自嘲着。

"不，那时候我觉得，我好羡慕这个疯丫头啊。"她语气温柔，神色平静。

羡慕？羡慕个鬼呢！我的不解写在脸上。

"骑自行车上学，说明你家离学校很近；迟到，说明你父母宁愿让你多睡一会儿，也没早早催你出门；而连续迟到，天天都迟到，说明你父母足够纵容你，即便校规严老师凶，你都没在怕的……"

"等等，你也太看得起我了。"我笑着打断她，"这一切难道不是说明了我脸皮够厚，或者我家长根本没在管我吗？"

她扑哧一声笑了，说："也不是没有这种可能。"

"不过前段时间，我偶然看到一本书上收录了你的短篇小说。"她话头一转，"虽然是以小说名义发表的，但我知道里面的许多情节都是你自己的故事。从小，你妈妈对你悉心照顾，对你的每个兴趣都有求必应，为了方便你求学而未雨绸缪地搬家，全市最好的小学和中学离你家都只有十分钟。你迟到、请假、旷课，但不管老师们怎么说，你妈妈都坚定地与你'狼狈为奸'……你知道，这是多幸福的事情吗？”

“哇哦，你真的……真的有认真看我的文章呢。”我无言以对。

Fish 把空了的杯子又倒满香槟，酒瓶已经见底。她爽快地吞了一大口，闭上眼品味，酝酿着接下来的娓娓道来。

“在我很小的时候，父母工作就很忙，忙得几乎没时间管我。那时候我只隐约知道，我父母应该都是很有文化的人，因为我家里有很多很多书。一个人在家的时候，我就看书。不管看得懂看不懂，它们都能将我带入一个安静而纯粹的世界，让我集中精神，忘记害怕。而且在那个世界里，时间过得飞快，我不会太明显地感到孤独。

“然而毕竟年幼，我还是会常常怀疑，自己是不是捡来的小孩，会不会哪天就无家可归。想到这儿我就号啕大哭，好几次哭得楼上的邻居来敲门。

“楼上邻居家的女儿跟我一般大，念同一所小学。放学后我常常就跟她回家，一起写作业，吃她妈妈做的晚饭。她是我人生中第一个闺密，虽然她不怎么读书，很多话题我没法跟她聊，但我打心底羡慕她的家庭，愿意跟她在一起。

“后来，我考入了树德中学，离家要四十分钟车程。闺密成绩不好，就直接升上了家附近的学校。上下学时间、功课内容全都不一样的我们，在各自进入新的环境后便自然地疏远了。我爸妈还是那么忙碌晚归，我干脆就住校了。

"清早五点，我总是第一个起来，到操场上等待破晓。天刚亮时的阳光，是富有感情的，好像每天都在透过天空跟你对话，向你传达些什么。我因为喜欢那一刻的景色，所以天天早起，习惯了，便不觉得辛苦。

"有一年春节，爸妈都要去国外出差，问我想去哪个亲戚家暂住。我想了想，索性就留在学校了，反正假期也有老师和大妈轮流值班的。所以2月初的树德中学，我见过。"

如今，Fish描述起这一切，是那么地平静又坦率，仿佛这些都不算什么。

"从小，我就是个心理成熟的小孩，对许多事都很看得开，但骨子里也叛逆得不得了，喜欢东跑西跑，指挥一帮人做事。我需要生活中有一堆人围着我才行，我喜欢在人群的中心，建功立业；我喜欢试探自己的极限，因为我也不知道它在哪儿。但我从不渴望永恒，我不相信永恒，我只在乎此刻。"

酒瓶已空，最后一点浅色的香槟剩在我手上的杯子里，没有泡沫，不再跳跃，美人迟暮，英雄归隐山林去放牧。

我看着Fish，她淡定而亢奋，洒脱而坚决。

世上的一切，没有一件事是没有因由的，没有一个因由是不留痕迹的。

那些因由，使 Fish 成了万里挑一的存在，看似强大得无坚不摧，却也有着连她自己都未必察觉的隐秘脆弱。

她心中有爱，却更有限度；她也对感情迷茫动容，却又伴随着随遇而安的释然；她喜欢时热烈而投入，却从没因失去而过度悲伤；她总有充沛的精力来专注于她觉得更重要的事情。

她曾经发朋友圈说："游泳是一项很孤独的运动，既没有对手，也没有风景，这和生命中大部分的状态是一样的。"

仔细回想，我突然发现，这个 cool 到极点的女孩，罕见地常重复着这句话："孤独是生命的常态。"——当她游泳的时候，当她跑步的时候，当她迎来一个巨大成功的时候，当她放下一件心中牵挂的时候，当她大学四年的每个清晨，在室友还熟睡时就独自走去图书馆的时候，当她对生命中的过客挥手道别的时候。

她持久的勤奋和完美的执行力，对每一种感情的憧憬和隐忍，都是源于她早已习惯生命深处的孤独——她把这世上最令人恐惧的东西，视为了生命的前提去欣然接受，那么还有什么能伤害她呢。那么在这一生中，与自己相处，与世界博弈，好奇而热情地活着，就是唯一重要的事情了。

7

夜深，我们双颊涨红地斜躺在那方小沙发上。刚刚略显严肃的话题让客厅的氛围微微厚重。我决定转换气氛，给今晚一个轻便的结束。

"我看你男生朋友特别多，却没怎么见你身边有女生呢？"我抛出最后一个好奇。

"嗯……其实我有一整个'后宫'呢，哈哈！不过你说得对，相比之下，我的男性朋友要多得多。"Fish眉头松弛，坦率直白，"我交女生，就喜欢跟我很像的，很独立很能蹦跶的。比如说要是一个特淑女特柔弱的人，那我肯定受不了，因为那样我就老得照顾她。所以我也不喜欢笨女生，除非是有什么地方让我觉得特别有意思——换句话说，我只交在某方面比我好的女生，任何方面都行。我对朋友一向真诚，掏心掏肺，只是如果有一天，我发现原本她比我好的地方，我已经超过她了，那我也许就会走开了。这其实挺自私的。"

"你是被她们吸引了，当引力消失，你就失去兴趣。"

"是这样的。"

咳，这有什么自私的呢。

人们都喜欢比自己优秀的、厉害的、闪闪发光的人，这不就是追星的本质吗？区别只在于有没有机会结识和发展为友谊而已。

虽然我们大多数人都交往着平凡的朋友，但那是因为我们需要啊——需要了解自己的人，无条件对自己好的人，高兴时一起八卦，悲伤时帮助排解，长久地站在身边相互扶持和分享——对这样的人，我们无所谓她是否聪明、幽不幽默、有没有才华、吸引力大不大，我们只要那份经年累月下的深厚与忠诚就好了。

但 Fish 不需要这些啊。

凌晨三点半，我离开了 Fish 的家。

兰桂坊斜坡上横竖躺着零星的醉鬼，我独自打车过海回酒店，几个小时后还要跟同伴去爬山。

坐在出租车里，我的脑海中总浮现出 Fish 倚在沙发一端，慵懒自然的姿态——白色 T 恤，随意垂下的直发，生动真诚的表情。烛光温柔而晦暗，半明半灭间她的样子看起来美极了。

真的，我应该当面告诉她，她的照片远没有本人漂亮，我在那一夜的杯影乐声中看到的她，要美多了。

弹指一挥又一年，传来了 Fish 辞职的消息。炒掉年薪百万的中环，离开香港闯入北京，名片印上"CEO"，那一年她 26 岁。

她说，创业对年轻人来说是个光芒闪烁的泳池，跳进去的人本不善水性，所以就算有一天狼狈上岸，你也可以说我学会了游泳。

此后，她的生活完全变了画风。

她从"每个假期在奢华小岛上的私人海滩晒太阳"的那类人，成为"无数个夜晚在大排档边撸串边和小伙伴们聊产品"的那类人。

我想，她一定特别开心。

没有好或坏，无所谓变好还是变坏。

又过了两个月，她在朋友圈里写下这段话：

在黑暗的地方，对光就特别敏感。

穿越隧道的过程中，有的人选择离开，

有的人毫无条件地守护，送我一程又一程。

祝福过去的人，和感谢互相照亮彼此的那一段。

我想起，曾听一个玩冲浪的朋友说：浪来的时候你不能怕，也不要净想着征服，要顺势乘着它，掌握它的节奏，与它默契地并肩，它会用梦幻般的疾速送你去更远的地方。

我想，Fish 与她早已认定为终身伙伴的孤独，就是这样一种关系吧。

我对她说，你会有更美好的下一段。

她说，哈哈，没事，我终身不嫁也挺好的，将来给你宝宝当干妈！

我说，你爱嫁就嫁，不爱嫁就不嫁，不过如果有一天你出嫁，就算办在阿尔及利亚我也会去的。

她说，我会办在你最想去的地方。

走在东京深夜的街头，我为刚刚那番调侃所温暖。

猛然想起在香港那个夜晚，Fish 描述的同性交友观，我后知后觉地纳闷——那么，我究竟是哪里吸引了她呢？我们这朋友又能做多久呢？

越想越觉得，我大概属于"笨到让她觉得有意思"那一类吧。

那倒可以放心了，反正我一时半会儿也聪明不起来，我们的友情应该会坚固蛮久的。

BEAUTY

猩猩少女

AND THE CITY

1

1978 年，美国田纳西大学开始一项研究：如果将猩猩用人类的方式养育，它究竟能多接近人类智能。项目负责人 Lynn 将一只六个月大的小猩猩接回家悉心养育，给它取名 Chantek，教会它手语。

Chantek 最爱跟着 Lynn 开车兜风，喜欢家附近杂货店的冰激凌和曲奇饼。它能像人类一样自理生活，买东西时钱不够就主动用劳动换取。它成了田纳西大学的明星，作为首个猩猩学生，它的照片跟同学们并排挂在档案墙上。

童话就这样美好地持续着。直到 9 岁时，具有成年男性五倍握力的 Chantek 因贪玩而撞伤了一个女同学，这场事故终结了这个研究项目，也终结了 Chantek 作为人的生命。它被强行送到动物收容处，在狭小的牢笼中被监禁了长达十年，而妈妈Lynn在七年后才被允许探望。

1997年，Chantek被转移到了开放式动物园。此后至今，Lynn每周都去看望它，走近时便唱起当年的摇篮曲："我的宝贝，我的宝贝，我的宝贝Chantek……"

听到歌声的Chantek隔着几十米的距离，从动物园的围栏里看向Lynn，用手语比画："Lynn……我想吃冰激凌……你带曲奇饼来了吗？"

二十多年过去了，Chantek没有忘记自己是人类的孩子，和它心爱的冰激凌、曲奇饼、妈妈。

"所以……你是想吃冰激凌了吗？"我坐在咖啡厅里，愣愣地听锦织讲完猩猩的故事。

"不，我大姨妈来了，不能吃冰的。"她报以一个端庄的微笑。

2

我和秦锦织相识在初中，是的，就是神奇的树德中学。

在初中校区的五个学部之中，秦锦织所属的是"大款部"。当然这不是该学部真正的名字，只是这样叫起来比较通俗易懂，因为"大款部"学费最贵，不必经历校内淘汰考就可以直升树德高中，还可选择海外高中双文凭，非常便利。虽然根据考学规划的不同，并非所有家境优越的学生都选择了"大款部"，但在"大款部"念书的学生，一般都不会太穷。

当年13岁的我，在入学考试中各种误打误撞，取得了自己都吓一跳的好成绩，可以随意挑选学部。但也不知是中了什么邪，那时的自己有着莫名其妙的自信和屁用没有的"骨气"，一秒都没考虑过"大款部"，而是选择了竞争最为残酷、规矩最为严苛的"遭罪部"，从而开启了悲惨无比的中学生活。现在想来，纯属有病。

好了，言归正传。秦锦织与我在不同的学部，而且大我一届，原本是八竿子打不着的。但她肤白貌美成绩好，又是学生会干部，常常在各种校内外活动上露脸，所以知名度远远跨越了不同的教学楼。论家境，她爸爸是我们当地小有名气的企业家，可她身上却一点娇气脾气都没有，简直是志玲姐姐那样的传奇人物。

这样活在众人称羡中的她，却在我念初二那一年，突然从学校里消失了。

那阵子，关于她的传言不绝于耳，唯一可证实的是她爸爸去世了，有同学的家长去参加了葬礼。但至于去世原因则众说纷纭，有说病逝的，有说意外的，还有人说是破产了被逼死的……小小年纪的我搞不清传闻的真假，只跟着一起感叹了下人生无常。毕竟说到底，也只是个连认识都算不上的学姐而已。

不消一个月，关于秦锦织的讨论就平息了。校园嘛，风声雨声来得猛去得也快，十几岁的少男少女们，可有的是新话题要关心。

然而就在我们快要忘记这个名字时，大半年后，刚升上初三的某一天，她突然出现在了我们教室里，全班哗然。

原来，休学后重返校园的她，自动留了一级，但她没有回到"大款部"去，而是来到了我们"遭罪部"，插进了我所在的班级。

老师安排她坐在我邻桌，让我这个做班长的照顾她一下。

"秦锦织回来了"这件事很快传遍了全校，引爆了大家跃跃欲试的八卦神经。常常有其他班级甚至其他年级的人，在课间和午休时"闲逛"到我们教室附近来看她。

秦锦织异常地沉默。

想想以前，偶尔在操场上远远看见"女神"走过来，都是自带光环，意气风发的。再看看现在的她，不，倒也说不上是狼狈，可你就是觉得，她似乎失掉了很多很多。

有一天课间，教室门外如常有人探头探脑地议论，连坐在她旁边的我都被看得浑身不自在，而心里烦躁起来。一转头，正好看见锦织托着下巴在放空，脸上并无气愤，只是幽幽地，仿佛自言自语地说了句："我不是动物啊。"

我永远忘不了那一幕。

在那个大家都年纪小不懂事，每天盲目地凑热闹瞎乐和的校园里，彼时的秦锦织，就像动物园里的猩猩一样。

3

"咱们又一年多没见了吧，阿姨最近好吗？"我把时间轴从回忆拖回了当下。此刻的她，过肩卷发自然地垂在身体一侧，双眼依然水汪汪的清澈，如同念书时一样。

"挺好的。"锦织笑笑，"你知道的，自从我工作以后，我妈简直大解放。每天晚上练瑜伽，钢琴课也一直坚持着，今年的海外旅行说要去南非。"

嗯，不愧是锦织妈妈——这世上最让我佩服的女性之一。

当初锦织家突逢变故，一夕之间没了顶梁柱，整个一树倒猢狲散，据说名下好几只股票都不知去向，张三李四都轰上来捣乱。在混沌与悲痛当中，一边坚强有序地整理后事、操持家务，一边梳理杂乱的财务关系、保护女儿，对内对外对公对私，全靠锦织妈妈一个人。

好在，瘦死的骆驼比马大，钱没了，体面却还在。就算不得不卖掉大房子，搬进小小的公寓里，锦织妈妈也总能把那方寸之地打理得温馨有品位；就算存折里余额没有很多零，她依然穿着入时，生活讲究，给女儿花钱也毫不手软。是锦织妈妈让年少的我明白了，什么叫骨子里的贵妇范儿。

她说过一段令我至今犹记的"名言"：

钱是赚出来的，不是抠出来的。你不花钱享受生活，就不会有动力去挣更多的钱。以前我也什么都不会，可是你有女儿要养呢，被逼到那个份儿上，你就什么都得会了。我的原则是，大钱没有，小钱管够。我可不要勒紧裤腰带可怜兮兮地活，天天念叨自己为了孩子牺牲了一切，那只会给孩子压力和亏欠感。我要让女儿明白，女人一定要懂得对自己好，自己都过不好，又如何能让家人过好呢？我得给她做个榜样。

——啧啧，阿姨我真的好崇拜你。

有这样一位母亲挡在前面，少女锦织是幸运的。

虽然丧父之痛并没有那么容易平复，虽然她无可避免地还要遭受各种议论与猜测，但至少，她没有如一些人所预期的那样陷入孤儿寡母的清苦。

那年头，我们这种二线城市的初中生，每天零花钱也就几十块。而锦织呢，就算只是周末跟同学去逛个街，钱包里都被她妈妈塞上三五百块。每次她打开钱包一看，都说："哪需要这么多啊！"然后一天逛下来，不知不觉就花光光了。

这样的事发生几次之后，我发现了一个规律，就是锦织对钱是没有概念的。

就像有人是路痴，脑子里画不出地图一样，锦织看到商品的单价，并不会自动脑补出"这样的东西买多少个我带的钱就花光了"。于是每次逛完街，当她发现差点连打车回家的钱都不够时，神情便复杂起来。

哦，是的，锦织就从来没坐过公交车，出门永远是打车的。

初三校内淘汰考结束后，我和锦织结伴去邻城看海。

她沿着海岸找大海螺，捡到一个就放在耳边听，听一会儿拿下来，再换另一边耳朵继续听。

我问她，是不是爱听海浪的声音？

她说，以前家里有很多海洋装饰，名贵的红珊瑚、巨大的玳瑁标本、各式各样的海螺……很小的时候，爸爸就爱教她从海螺里听海浪声。现在，她想听听，海螺里的声音跟从前是否一样？如果不一样，又到底是哪里不一样了？怎么就不一样了呢？

"司康。"锦织把海螺放下，抬头对我说，"这次出来你能不能看着我，别让我又乱花钱。"

"好啊。"我说，"不过阿姨给你带的钱肯定是够的。"

"够吗……"她犹疑地抬头，虚弱的声音被海风打散到很远。

那次去海边是当天往返，确实没花什么钱。回程的火车上，锦织看着钱包里剩下的几张毛爷爷，露出了踏实的表情。而我，仿佛第一次看懂了我的好朋友，然后为她深深地心痛。

秦锦织，用十四年习惯了不为金钱担忧的人生，突然一个巨浪袭来，打翻了她熟悉的大船，从此母女两人在小桨上相依为命。也许什么时候吹来一阵大风，小桨就保不住了。于是她逼迫自己节俭度日，却又常常败给了惯性，然后陷入无解的纠结和自责。

她习惯性地不安。她曾说过，有阵子每天帮妈妈翻报纸查股票，坚持了一两个月，就再也不看了。因为每天看涨停，让她觉得，自己的命运似乎就被这些加减号左右着。

不仅仅是丧亲之痛，在敏感迷茫的青春期里，毫无防备地失去了生命中最强大的守护者，这无疑彻底虐杀了她的安全感，无论对金钱，还是对生命。

4

"喏。"锦织从包里拿出张红色卡片推在桌上。

在正午阳光的反射下，卡片是那么醒目，我从刚刚的回忆里回过神来，惊讶地瞪大眼睛："这是……喜帖？你要结婚了？"

"是喜帖，但不是我的。"她被我的反应逗笑了。

"那是……"

我翻开卡片，锦织前任男友的名字赫然在目。

"怎么，让你去抢亲的意思？"

"也许是跟我分享喜悦吧。"她无所谓地笑笑。

锦织的情路一直令人匪夷所思。

我知道她缺乏安全感，对此，我曾经最坏的预想是，她也许比别人更容易去傍大款。可事实却刚好相反。而且她的每一任男友，都明显配不上她。

高一那年，她和一个学医的大学生交往，那是她第一个男朋友。这位男生身高将近1米9，高大健硕，锦织与他站在一起显得十分小鸟依人。

作为锦织的好朋友，我和他俩一起出去过几次。毕竟对方已经是大学生，在我们十六七岁的少女面前，显得很罩得住。但深入聊几句，我就感到不对劲了。问到锦织是他第几任女友，尤其当问起上一段感情是怎么结束的时，这家伙故作潇洒，却一直闪烁其词。

三个月后，在他与锦织分手当天，我们才知道，原来在他当初追求锦织时，根本还没与女友分手，只是女友在北京念大学，他耐不住异地的寂寞，便被温柔美丽的锦织吸引了，出来"透透气"。然而脚踏两条船总归会形迹可疑，瞒得过涉世未深的秦锦织，又怎么瞒得过对自己男朋友一清二楚的正牌女友呢？眼看事迹就要败露，渣男立马甩了锦织，哄女朋友去了。

在分手当天，得知自己"被小三"，这就是秦锦织的初恋。

她甚至不知该不该将那男孩称为自己的第一个男朋友，因为虽然她从头到尾毫不知情，而且也确实付出了感情去认真交往，但毕竟，那其实是别人的男朋友啊。

锦织的第二任男友，是她高考结束后去南方旅行时，在路上认识的。

刚巧锦织考上的大学与那男孩的学校在同一个城市，男孩便热情地为她介绍起那城市的种种。旅程快结束时，男孩对锦织告白，锦织拒绝了。然而对方不罢休，在开学后追到了锦织的学校来，她最终被诚意打动。

男孩来自三线小城的农村，是典型的凤凰男，不，不能这么说，毕竟凤凰男也是要有高学历高收入的，这位同学只是勉强考上二本，学历上都差了锦织一大截。可他对女朋友可谓是鞍前马后、风雨无阻，有一种"豁出命来对你好"的气魄，这倒也让我觉得安心，说到底，条件再好，都比不上"对你好"。

可惜好景不长，交往了一段时间后，这位男友的极端大男子主义便开始显现。他以爱的名义，禁止锦织与一切异性接触，哪怕是学生会的工作关系，也会被他耿耿于怀。这种倾向随着交往时间变长而愈演愈烈，明明锦织一向不跟异性玩在一起，他还是能吹毛求疵地盯着每一个细节，动不动就恶言相向。

我看着这位男友抽风时发给锦织的信息，简直是语言暴力！而他不发疯时，又是一副无尽宠溺的姿态。我想，对于锦织这样一个从内到外堪称女神的好姑娘，男人会唯恐错过而患得患失，是可以理解的，但一个不能控制自己情绪的人，无论如何都很危险。然而任凭我怎么劝，锦织都忍耐着不分手。

交往了大半年后，男生大学毕业了，回到老家工作。远距离使他的疑心病越来越重，五分钟内不回短信就是"有猫腻"，小半天忘带手机就能杀来四十多个未接来电。最后，失控的男孩直接要求刚刚念完大一的锦织退学，去他老家结婚。

锦织当然没答应，男孩便歇斯底里地给她扣上了"水性杨花"的帽子，然后跟老家的发小结婚了。

是的，就算是荒唐至此的结局，提分手的也不是秦锦织。

这两段感情结束后，我开始感到后怕。脚踏两条船的渣男还好说，顶多是感情伤害，可第二位男友这情况，还好是对方主动分手，要不然甩都甩不掉，万一他发起疯来，搞不好分分钟上社会新闻的啊！

后怕之后是深深的疑惑。我的朋友秦锦织，虽说不再是富家千金，也没有按照原计划出国留学，可如今念着985高校，家境良好教养一流，怎么看都是鹤立鸡群的存在，为什么就老是要跟比她差不止三个台阶的男人纠缠在一起呢？

然而当我认真地表示不理解时，她却说："我是单亲家庭，本来就是个缺陷，自己条件没那么好，还要求别人什么呢？"

为她这句狗屁不通的蠢话，我在电话另一头当场气哭，半年没理她。

5

给锦织发来请柬的，是她的第三任男友，也就是上一任。

他比锦织小一岁，就读于全国TOP5的名校，在锦织大三那年他们开始交往，一谈就是三年多，一度到了论及婚嫁的地步。

这位男友高大帅气，长了张花美男的脸，而且成绩优异，是学生会的风云人物，在锦织的历任男友中，是最让人觉得般配的一个。甚至由于两人从外貌到学历都太般配了，还被赋予了"神雕侠侣"的美誉。

谁都不会想到，看起来完美无缺的他，竟！然！是！个！妈！宝！男！

除了念书时每天跟家里视频，汇报一天的行程外，他还酷爱跟妈妈分享八卦。同学里谁跟谁恋爱了，分手了，为什么分手，有没有小三；哪位同学拿了奖学金，哪个学长没找到实习，哪个女生跟导师关系不一般……如此种种，他妈妈隔着几千里地，透过自己儿子的碎嘴，对这些根本不认识的人的人生掌握得一清二楚。

当然，他和锦织的交往细节，哪天约会了，哪天吵架了，谁给谁买什么了，也都是事无巨细，一一汇报。甚至在交往两年后的某一天，两人闹别扭，锦织把妈宝男赶出了她租的房子，不消十分钟，竟然接到了他妈妈的"劝和"电话，真让人浑身尴尬。

我好奇，这位妈妈到底为什么会这么闲？收集这些家长里短的情报是要上交国家安全局吗？直到两人分手后，锦织才断断续续地告诉了我妈宝男家里的情况。

他妈妈是全职主妇，但似乎并没把心思放在主持家务上，每次锦织去做客，家里却总是乱糟糟的，厕所门破了个大洞也没人想着修，饭菜难吃，牛奶常常是过期的。

这也就算了，关键是这位妈妈还有着奇高无比的自尊心，总表现出一副人生赢家的模样，坚信自己培养出的儿子天下第一，没人配得上，而另一边，又老忍不住打听锦织妈妈的情况，盯着人家穿什么牌子的衣服，开什么档次的车，酸溜溜地较劲。

然而，以上种种，还并不是妈宝男的最大问题，毕竟咱们中国式家庭，谁家没点家长里短的疙瘩事呢？可是在交往到第三年时，妈宝男居然在一次吵架中对锦织动了手！

这能忍？我赶紧站在好朋友的立场劝分手，毕竟家暴和出轨这两件事，只有 0 次和 100 次，就算他下跪求原谅也不能心软啊！

可任凭我苦口婆心了几十分钟，锦织也只是沉默，最后轻轻地说了句："他长得像我爸爸。"

我竟无言以对啊。

没经历过人家的人生，所有的道理都是风凉话。

我没再劝过她。我知道我也劝不住。

锦织就这样，轰轰烈烈又死心塌地地与妈宝男在一起。

当我们一票朋友都看开了，心想"也许这就叫一物降一物吧"的时候，她却闷不吭声地分手了。

6

"话说……最后那根稻草到底是有多重，才把你给压醒了啊？"两年来，我从未深究过这个问题。我总觉得，她如果想说，会主动告诉我。但此刻，我觉得问问也无妨。

"轻得很。"

她笑了，有一丝自嘲，也有一丝豁达。

"最后一次去他家里吃饭时，他妈妈问我，平常我妈怎么做饭。我说，我妈这人瞎讲究，喜欢把荤素和颜色搭配好，装在分格的银餐盘里，还把我当5岁小孩呢。"

嗯，阿姨做菜和摆盘的技术我是服气的。高中时《大长今》热播那阵子，阿姨把电视剧里出现过的菜色几乎都复制了一遍，还特意去朝鲜百货买了传统餐盒，像模像样地做成"御膳"给我们这些做客的小伙伴吃。

"他妈妈一听，立刻发出刺耳的笑声，说，就像食堂的大铁盘子呗？我不想计较，也就笑笑说，差不多吧。"锦织接着说，"然后她又问，这么多年了，你妈怎么不再找一个？自己过多苦啊！我说，我妈很喜欢现在这样，自由自在的。她没等我说完，就叹口气说，行了，明白，就是孤寡惯了！"

我完全想象得出那幅情景——即便处处不如人，也硬要挖出点别人的不幸来同情同情才舒服。

"当时我突然觉得，好像这么多年来，身上有一副沉得让我挺不直腰的担子，在那一瞬间卸下来了。"锦织说下去，"我心里特平静。我妈是我最尊敬的人，不是谁都能装傻充愣地损两句的。往后的人生那么长，我不能管这个人叫婆婆，也不能嫁给被她教养出来的男人。"

我没有说话，心疼又自豪地看着她。

确实，这根稻草比起她恋爱时大起大落的各种狗血，也许真不算什么。但你要开灯也不会自己费力去发电吧，只要开关找对了，轻轻一按便可。

分手后这两年多，才貌双全的妈宝男进了一流企业，赚着比同龄人高得多的年薪，女朋友换了一个又一个，每次恋爱都不超过半年。

因此我很震惊，这请柬难不成是闪婚的意思？

关键是，他也好意思给锦织发请柬？分手后，他到处散布与锦织恋爱的细节，逢人就发泄心中的积怨，锦织的名声被他毁到一个不堪。曾经两人共同的朋友们也都站到了妈宝男那边，当然，他们并不知道他是妈宝男，因为任凭这男人极尽所能地讲着前女友的坏话，锦织也始终没对外说过他半句不好。

有趣的是，短短两年里与他交往过的几任女友，分开后都说过同一句话："他不能像爱秦锦织一样爱我。"

圈子就是这样，但凡人与人之间有一点关联，信息就会泛滥四散。

所幸，缘分是神奇的，尽管同在一座城市，世界这么小，锦织与前男友却再没有遇见过。

7

"我知道，这么多年来，你恨我不争气。"

锦织撇开那些不值得提起的往事，声音放松而温柔："从高中开始，我就常常对自己说，千万不要觉得自己还是千金小姐。你已经没了父亲，如果哪天连母亲也没了呢？你就一无所有了。这世界啊，变幻莫测，谁也不知道明天会发生什么。就算得到最好的生活、最好的爱，失去时也只会更加痛苦。何必呢？所以，做人就不要太挑剔，反正大家都是这样凑合着过一辈子的……"

她停了停，有五六秒那么长。

"分手后这两年，我妈常握着我的手说：'你这小倒霉蛋啊，要是你爸还在的话……'

"你说，我妈那么酷的人，怎么老说这种话呢？因为，她真的尽力了，可比起同等级的双亲家庭，怎么都显得势单力薄。她看着我这些年的经历和感情，难免会想，如果老公还在，女儿何至于被这凡夫俗子的一家子欺负？别说欺负了，他们连接近的机会都没有。可现实毕竟不是如此，所以她自责，她不甘心。

"然后我突然明白了，已经发生的事情一定改变了我们的人生，没有人是可以免疫的，我妈也一样。就算她表现得再顽强、再潇洒，也不代表那场变故没有带给她伤害。

"她也有脆弱无助的时候，她也曾对着相册彻夜流泪，她一定也曾经迷茫，不知前路该如何走下去。并不只是我一个人遭受了苦难，可我为了自我保护，选择了用最懦弱的方式去面对。"

我老老实实地听着，越听越激动，脸都开始涨红。

"这些年来，我总是惧怕幸福，不愿得到太美好的东西。因为缺乏安全感，而去选择安全牌，但其实，没有任何选择能永远安全。富豪会破产，不代表穷人就不会饿死；高富帅如果不靠谱，也不意味着穷屌丝就一定靠得住；同样，你因为害怕失去而逃避真爱，未必就不会被非爱所伤。人生在世，本就该追求美好，既然要活下去，终归是要向前走的。如果连自己是谁都搞不清楚，怎么走呢？"

"所以，你搞清楚你是谁了吗？"我的声音因为激动而略微颤抖。

"不好说。"她耸耸肩，"但总之，不该是个畏首畏尾、自卑自贱的家伙吧。我父母都那么生猛，我也该对得起这DNA才对。"

下午三点钟的阳光照在我们桌上。新客人进店，窗棂上风铃摇曳，缥缈又动听。

我许久没有如此兴奋了。与锦织相识十几年，此刻我竟看到了那久违的神采，那是来自她眼中的光，是远在我们成为朋友之前的当年，她偶尔在操场上、舞台上、校园新闻里出现时，那叫人倾慕又敬畏的光彩。

"你不是无缘无故想通的，对吧？"我问。

她抿嘴笑笑，似乎有点难以启齿，但又迫不及待想与我分享。

"几天前，我在查找纪录片的时候，偶然看到了 Chantek 的故事。资料片大概三十分钟长，等我缓过神来时，影片已经放完了许久，脸上冰凉的泪水都快要风干了。然后我又看了一遍，这一次，心脏像触电了一样，整个人无法控制地哭到发抖。

"你说，Chantek 到底算什么呢？它从出生起就被当作人类抚养和教育，它习惯了人类的生活，当它突然被赶出那熟悉的世界，被监禁起来时，是不是也惊恐迷茫，饱受思念亲人的折磨？在那漫长的后半生，它是不是每一天都在疑惑，自己到底属于哪儿，该怎么做才好……

"它在物种上虽然是猩猩，但自我认知却是人类的孩子，哪怕与世隔绝二十年，它还记得怎么打手语，还记得冰激凌和妈妈……时间或许会让你妥协、驯服、麻木，可你所拥有的真实的经历与情感是不会消失的，它们组成了你，就算沧海桑田、翻天覆地也甩不掉。"

锦织摆弄着手中的咖啡杯，好似在自言自语，却又无比专注、坚定。

"你看，我还不如 Chantek。它只做了九年的人类而已，我却用十一年，逼自己做一只猩猩。"

8

六个月后，秦锦织辞了职，搭上了全部积蓄去美国念 MBA。

我打趣地问："这回不怕钱不够用了？还要我看着你别乱花吗？"

她俏皮地说："钱没了，我就去赚。我妈妈说了，女人，一定要懂得对自己好。"

远行那天，我送她入关，她只拖了只小小的皮箱，连托运行李都没有。需要什么，都直接在未来的土地上添置。

我看着那渐行渐远的纤细背影，仿佛年少时校园的走廊上，女神闪耀着昔日的光环。

你说奇妙不奇妙。人生中许多大彻大悟，往往来自某个细小的瞬间，一个毫不起眼的契机，却成为重要的转折。

9

在读 MBA 的第二学期，锦织在一场晚宴上认识了正在读法学院的 Max。

Max 是欧亚混血，这种混法最不得了，要多好看有多好看！我对着锦织发来的照片舔屏了一下午啊！

Max 有四分之一的亚洲血统，对亚洲文化甚是喜欢，中文也学过一点，只是说得不溜。于是在晚宴上相识之后，他便顺理成章地请锦织教他中文。而学费呢，给钱的话好像真把锦织当家教用似的，他觉得不礼貌，于是每上一次课，他便在周末请锦织吃一顿极具格调的晚餐，不是暧昧的烛光晚餐，但都是在禁止穿拖鞋、牛仔裤的餐厅，以此来作为中文课的回礼。

"高！实在是高！"我不禁感叹，颜好头脑好就算了，连追女生的手段都这么清新脱俗！

Max 喜欢锦织，这谁都看得出来。锦织也不拒绝他的邀约，两人就这样，每周三认认真真上中文课，每周六开开心心共进晚餐。两个月后，Max 在那一周的晚餐上手捧玫瑰地表白了。锦织欣然接受，一段美好的恋爱开启。

这是锦织的最后一次恋爱。

Max 说，虽然在晚宴上遇见锦织的那一刻，脑子里就有个声音说"我要娶她"，却没有立刻告白，因为他深知，这一次决不能搞砸。他不敢直接邀约晚餐或约会，怕显得太轻浮，而是绕了一圈以请教中文的理由来制造见面和相处的机会，又通过八次晚餐的聊天，来让锦织了解他。

"那同时不也是让你能更多地了解我吗？"锦织说。

"那倒并不是。"Max 耸耸肩说，"无论我了不了解你，了解到了你什么，我都是要娶你的。所以，没错，那两个月主要还是用来让你了解我。"

"啊啊啊啊啊啊不要说了！！！"我听着锦织的转述，有砸烂电话的冲动。

"他对你一见钟情，那你又是什么时候喜欢上他的呢？是在哪顿晚餐上？"

我努力恢复理智，平复情绪，打听着这段感情的细节。

"我对他也是一见钟情。"锦织的声音透着俏皮。

"什么？那你们还费那么大劲干吗？既然都在晚宴上看对眼了，何必还让他多铺垫两个月？"

"你怎么知道……我是在晚宴上才对他一见钟情的呢？"

锦织故弄玄虚，我从她那得意又甜蜜的语气里，领悟到了不得了的真相。

早在那场晚宴前，锦织就曾在法学院的校园里见到过 Max。那是观摩完一场辩论会之后，锦织买了午餐，想找个清静的地方坐下来边看书边吃。她对法学院的校园不熟悉，走着走着就到了一片小池塘。

Max 戴着耳机，站在池塘边，拿面包喂鱼，还时不时跟鱼和鸭子们说几句话。这看起来有点神经的行为，在英俊高大的 Max 身上却毫无违和感，还闪耀着一丝善良纯真的光芒。

是的，这看脸的世界，真叫人绝望。

锦织站在不远处，心动得手足无措。可是这么多年，她哪里追求过心动？她连怎么主动搭讪都不知道！于是她悄悄地挪到不远处的长椅旁边，那里放着 Max 的书包和两本散落在外的书。

戴着耳机自顾自喂鱼的 Max 并不知道身后发生的这一幕。

锦织悄悄打开那本《国际法》的扉页，心里直打鼓，她也不知道自己这鬼祟的行为算什么，但她看到了扉页上他的名字，这三个英文字母"咻"的一声扣在她心里。

然后她趁着没被发现，赶紧又悄悄退了回去，走到视线已经看不到池塘的地方，依然忍不住朝那个方向回望。

法学院的 Max，就这样走进她心里一块秘密的位置。

第二学期开学时，有法学院、医学院、MBA 联合举办的交流晚宴。

"也许能碰到呢？"锦织这样想着，格外花心思地打扮了一番，出席了晚宴。

老天对她真好，不但如愿以偿地再次见到了那个英俊优雅的男孩，还得到了他一见钟情的爱。于是她乐得接受 Max 提出的教中文的请求，乐得接受他以晚餐代替学费的提议，乐得看他小心翼翼地追求自己，也享受着每一次晚餐中越来越了解他的乐趣，因为每多了解一些，她就更喜欢他一些。

池塘边美如画的那一幕竟没有幻灭，真实而详细的他，比第一印象还令人着迷。

"行了行了行了。"我打断了锦织，真的快听不下去了，"现在你们已经交往半年多了，你的 Max 就没有一丁点缺点吗？"

"没有。"她说，"也许对别人来说，他并不完美，但是在我眼中，他没有不好的地方。"

我又受到了一万点暴击。

MBA 第三学期的假期，锦织与 Max 一起拜访了住在西岸的 Max 的家人。

Max 的爸爸是知名保险公司的高管，妈妈是大学教授，房子虽然比不上比佛利的豪宅，但自家花园里种满了蔬菜，十分温馨。虽然二老都到了快退休的年纪，但他们兴趣广泛，退休后的生活想必也会相当丰富。Max 的兄弟姐妹们都很体贴有礼貌，相处起来很舒服。最重要的是，他们都很喜欢锦织。

"你老实说……"我赶紧追问道，"Max 还有单身的弟弟咩？！"

10

锦织从 MBA 一毕业，Max 就向她求婚了。

那时 Max 已经是一位环境律师，也兼职给一些中小企业做顾问。虽然收入不及大型商业律所那么高，但据说保护环境和濒危鱼类是他从小的志愿，也是他考法学院的原因。他对自己的工作充满信念和自豪感，这也成了锦织口中念叨个不停的"魅力"，我听得耳朵都要生老茧了。

两人有条不紊地筹备着婚礼，自行承担所有的开销，婚后也是租房住。

群里有人逗她说："要是嫁在国内就不用自己操心啦！房子、车子、婚礼费用，都由两边父母搞定！"

锦织打趣回复道："可是我家出不起嫁妆呀，我妈还要环游世界呢！"

行礼那天，阳光加州万里无云，纯白教堂的落地窗外，是蓝宝石一样的海。优雅的母亲站在美丽女儿的身边，笑容中连细纹都写着欣慰和幸福。

光阴飞逝，变故丛生，命运开了残酷的玩笑，但爱与勇气终究能战胜一切。她依然是骨子里的贵妇，她依然是高贵的千金，她们从教堂门口，沿着红毯走向新郎与牧师所在的圣坛，每一步，都好似一段秦锦织的人生片段在我眼前放映。

当她妈妈将她的手交给 Max 的那一刻，我不争气地哭成了狗。

父亲去世时，锦织 14 岁，出嫁这一年 28 岁，仿佛一圈轮回。而我何其幸运，成为这漫长时光的见证者。我想锦织说得对，时间与苦难并不能消灭所有。情感、记忆、经历，使我们成为我们，哪怕沧海桑田，翻天覆地也不会改变。

二十多年后，听见摇篮曲的那一刻，看起来与其他猩猩没有任何不同的 Chantek，还是会深情地望过来，就像时光没有带走任何东西一样地说："Lynn……我想吃冰激凌……你带曲奇饼来了吗？"

BEAUTY

私奔小姐

AND THE CITY

1

"放纵不羁"这四个字,曾经是我们年少时的 Magic Word。

骚动的青春期,受 Beyond 情怀和荷尔蒙的影响,好多男生都乐此不疲地试图演绎那炫酷的境界。他们奇装异服,顶撞师长,留长发弹吉他,不停地换女朋友……但可惜,这些并不是"放纵不羁"的正确打开方式。

现在想来,从小到大,我从没在哪个男孩子身上真的看到过这四个字,倒是有一个女孩,也唯独就那么一个女孩,在我心中是担得起它的吧。

我至今记得第一次见到她的情景。

那是高二的寒假，我作为自己城市的代表之一，到北京去录制一个竞赛节目的北方区决赛。主办方的安排极为人性化，所有选手都住在同一家酒店，录制只用了四天，但我们前后在北京待了两周，其间还穿插着各种观光体验活动，像参加了一场冬令营。

第一天晚上，为了让大家彼此熟悉，主办方在我们下榻酒店的小礼堂里举办了小型欢迎会。来自五个城市的四十多位高中生、大学生代表，一个个上台自我介绍。大家都是博学多才、从容自信的样子，自我介绍中不乏对偶、排比、古诗词的点缀，非常春晚范儿。

在所有选手走完一轮，马上要进入下一个环节时，小礼堂的门突然打开，工作人员又领了一个女孩进来。只见她梳着半头黑人小辫儿，耳骨上穿着一排耳钉，嘴唇下面镶着颗亮晶晶的小珠子——原谅我一小屁包没见过什么世面，可这真是来打竞赛的人吗？

在学生代表们面面相觑的工夫，女孩已被请上台前。她被告知要做个自我介绍，有点手足无措的样子。然后，没有出口成章，没有引经据典，她用浓厚闲逸的京片子口音说："我叫白月，我就一北京人，大家有什么需要的就问我吧。"

她微微驼背，不像大多数选手那样自信，反而有几分腼腆，一身嘻哈街头风的造型在屋子里绝对是另类，却又没有丝毫抢风头的腔调。最重要的是，她那小脸啊，真可谓"明眸皓齿，青春逼人"，是可以立马出道当偶像的水准。

当时大家早已在台下就座，自我介绍完的白月迟疑着不知插进哪个空位好。我立刻蹿起来向她招招手，她一眼看到，便带着开心的笑容一路走到了后排，在我身边坐下。

这就是我们的相遇。那一天的画面一帧一缕地刻在我脑中，至今清晰。

2

白月的本名叫"白月光"，非常古装仙侠的一个名字，而她本人对此是十分嫌弃的，所以总是有意地省略最后一个字。

同年龄的我们俩，成了代表团中一对形影不离的小姐妹。身为北京本地人的她，虽然不住在酒店，但几乎每天都会带上自家阿姨做的北京菜来给我当夜宵。

你难以想象，所有男生都对她有好感，每一个！

通常来说，能令身边男生们都倾慕的姑娘，要么美成范冰冰，要么嗲成林志玲，要么就是会撩会暧昧的绿茶老司机……然而白月不属于其中任何一种。

她有野丫头的叛逆，有孩童般纯真的笑容，有文艺女青年的气质，也有邻家小妹的亲和。想我见过的校花、美女也不少，但从没有谁如白月这样，给人感觉既神秘又亲切，举手投足间都释放着慵懒随性的小魅力。她就像一块直男磁铁，根本不需要刻意做什么，便能吸引住性格、家境、年龄都不同的各种男孩。而我跟她站在一起，就像只无聊又无害的小白兔，不会引起任何人的非分之想，非常地，非常地安全。（我去哭一会儿先……）

3

酒店的小礼堂是选手们的"自习室"，用来准备竞赛和写暑假作业的。我总习惯性地坐在我和白月第一次相邻而坐的倒数第二排，等她带着好吃的来找我。

然而，平常六七点钟就会过来的白月，那一天却迟迟没有出现。

小礼堂自习室很安静，只有翻书和写字的声音。九点刚过，我听见身后有人开关门的声音，余光里瞥见白月走进来，在我身边坐下。

我低头看书，轻声问："怎么这么晚呀？"

她没有说话。

我一扭头，立刻倒吸一口气，吓得差点叫出来！她的嘴角和颧骨上，都是一小块一小块的淤青。

我立刻把她拉出礼堂，急切地问发生了什么，为什么会挨打？

她说，是自己打的，然后伸手给我看，她的手指关节上也留着出拳的伤痕。

我说不出话来，也根本不知从何问起。她摇了摇手上拎着的塑料袋，里面是啤酒和虾条。我们在静谧无人的楼梯间里坐下，她一罐罐地喝着啤酒，眼泪无声地流。

她失恋了，失了一场漫长的恋。

4

男孩名叫青宇，和白月是青梅竹马。

他们住在同一个小区，幼儿园、小学、初中都念同一所。白月从小就喜欢青宇，每次玩抬花轿、过家家，都是他俩一对，她只希望这一切在长大后都能成真。

白月的妈妈和青宇的妈妈是大学同学，两家人关系很好，寒暑假经常一起出游。直到小学二年级时，白月父亲的生意越做越大，白家搬去了更好的地段，住进了大房子，而青宇家还是条件普通。但这并没有影响两个孩子的交往，他们是彼此最好的朋友，是世界上最了解对方、珍惜对方的人。

14 岁那年，白月和青宇终于捅破了那层朦胧美好的窗户纸，正式恋爱了。这本该是一段甜蜜梦想的开始，但不，白月的生活从此陷入了灰暗之中。

15 岁，青宇的爸妈离婚，爸爸跟小三再婚，还带来了一个没有血缘的妹妹。青宇妈妈被气去了国外，白青两家也就此疏远。

最可怜的还是青宇，原本美满的家庭就这样支离破碎，从无忧无虑的少年，到如今要寄人篱下，这一连串突如其来的变故，令青春期的他根本无力招架。而眼看着这一切发生的白月，心疼又焦急。她陪在青宇身边，想尽办法逗他开心，却换来一次次不耐烦的愤怒。

青宇的性格渐渐变了，再不像从前那般阳光体贴，他变得沉默而又难以捉摸。白月的关心和殷勤，都好像独角戏一样，显得笨拙又可悲。

青宇的冷暴力，令两人的恋爱关系几乎名存实亡，再加上俊朗的青宇是校草级人物，白月要面对的情敌一拨又一拨，防不胜防。她不灰心，始终顽强地宣示着主权，然而三个月后，还是传出了青宇与隔壁班花的暧昧谣言。

比起稚嫩的白月，隔壁班花是甜美淑女的类型，长发及腰，温柔婉转。于是白月也留起了长发，不再穿破洞牛仔裤，潜意识里开始模仿班花的样子。直到有一天，青宇冷冷地说："你这样不伦不类，一点都不好看。"

他的眼神是那样地冷漠和厌弃，看不出一丝丝的怜爱了。

"青宇，你不喜欢我了吗？"白月哭得上气不接下气。

"不喜欢了。"他说。

分手时正是中学毕业的暑假，夏天一结束，两人就将去往不同的高中，不能像从前那样天天见到了，白月忍受着思念与失恋的双重折磨。

她依然搞不懂，青宇到底怎么了，还是自己做错了什么？就算家庭的变故给了他沉痛的打击，那又关他们的爱情什么事呢？这个曾经疼爱她，照顾她，把她当作世界上唯一的女孩子一样宝贝着的男孩，为什么可以如此地残酷善变，为什么要这样伤害她？

年轻的自尊敌不过炽热的真心，白月决定，就算胡搅蛮缠，也得问个明白。她打电话，青宇不接，她便坚持每天发短信给他。终于，在假期快结束时，她约到了他。

两人溜进以前中学的教学楼里，在楼梯间下，一声叹气都被回声放大百倍。

青宇终究坦白了一切。

他说："对不起，我再也没办法像过去那样面对你了。我的家庭四分五裂，生活像一潭烂泥。我没有妈妈了，爸爸也不再是我爸爸，小三和她女儿都恨不得我立刻消失。看着你，我就想起从前那些美好的日子，看着你的家还和从前一样，我就难受得内脏都要烧起来！为什么世界还是那个世界，一切都如常，就只有我的家变成了灰烬？

"我喜欢你，却又嫉妒你，同时又觉得自己再也配不上你了……这些复杂的情绪让我喘不过气，我真的不想面对。然而每当看见你，就仿佛在提醒着我这所有的痛苦！我多希望，多希望一切还能挽回……我想要从前的日子回来，我们都还像过去一样……可是我知道那是不可能的啊！我妈妈不会回来了，我的家，再也不会回来了……"

少年青宇俊朗的面容被泪水洗刷，白月伸手为他擦眼泪，每擦一行，又流一行，擦也擦不完。他也只是一个15岁半的男孩而已啊。

"白月，这一年里我明白了一件事，命运是无法抗拒的……现在的你，是一个我不能，也不想再碰触的完美的娃娃……现在的我，无法再抱着你了……"

青宇泣不成声。白月颤抖着捧起他的脸，哽咽地望着他，却说不出一个字。

"我好想和他私奔。"坐在酒店楼梯间的白月已喝得脸颊涨红、口齿不清，"那个时候，我就好想和他私奔啊！我不在乎他的家庭，不在乎未来会变成什么样子，我只是好想能在他身边陪他一起走。可是他需要的却不是我，甚至，他最不需要的就是我！他需要新的开始，需要一个没有我的生活……"

她呜呜呜呜地，在我面前，哭得像个 6 岁的小孩。

5

爱情死了，生活依然要继续。

进入高中，青春期的白月也在悄然改变着。

6 岁开始拉小提琴的她，放下了古典唱片，改听重金属摇滚；8 岁开始练芭蕾的她，脱下了洁白的纱裙，开始跳街舞、打篮球。这一切新鲜的属性，与她骨子里的清纯天真相融合，成了今天的她——你无法用任何单一的词语去形容的一个女孩。

但心里的负重与伤口，始终不曾消失。

高一的平安夜，手机突然响起，看到那熟悉的名字和号码，心扑通扑通地快要跳出嗓子眼。真的是他吗？

接通后，听到手机那头传来的声音，仅仅一句"喂"而已，她便眉毛一拧，五官纠结成一团地哭了。捂着话筒，用力调整着呼吸，她抽搐得像只兔子，却极力压抑，安安静静不让对方察觉，只默默地流泪。

青宇在那头支支吾吾，最后，声音沉沉地问，可不可以借我一点钱？

白月说好。

青宇很快来到她家楼下。白月趁大人们都在客厅，溜去爸爸的房间，从换下来还没洗的西装裤兜里偷出 2000 来块钱——2006 年的 2000 块，不低于今天的 5000 块吧。

她扯下头发上的皮筋，把钱捆成一捆，从自己房间的窗口抛下去，青宇接住了。两个人就这样，一个楼上一个楼下地互相凝视着，仿佛隔了一条银河，谁也不说一句话。

过一会儿，青宇做了个手势，示意他要走了。

白月对着他摆了摆手，看着他，消失在平安夜的尽头。

"如果有条绳子，我就拽着它从家里垂下去，拿着那 2000 块跟他私奔，你说多好。"白月说到这里，神色荒唐地笑了笑。

她从来没做过"偷窃"这种事，对家人有难以启齿的愧疚。她知道家里不缺这点钱，可毕竟，为了一个抛弃她的人，她让父母的掌上明珠，成了个不知廉耻的小偷。

她甚至不知道他需要钱的原因，是家里克扣他，是在外面惹了麻烦，还是为了跟哪个女孩子过圣诞呢？她一无所知，也一句都没问。

"至少……当他走投无路时，想起的人是我。"她轻轻说。

只要你要，只要我有。

我想我终于明白了，我找到了拼图中最关键的那一块。

白月是个神奇的女孩。她爱翘课，会喝酒，唇环舌环脐环一个也没落下，但又头脑聪明、成绩优异，能跟五湖四海的学霸们上节目打比赛。她看似叛逆的外表下，包裹着一颗天真而赤诚的心，如同脸上未消的婴儿肥一样。她重新定义了许多我们心中既定的概念——优秀、不羁、清纯，通通因为她的存在而被拓展了范畴。这一切使她美得任性而无可复制，但这就是令男孩们通通被她吸引的原因吗？并不。

最重要的原因，最关键的那一角拼图，是她眼里的故事，心里的心事。是她无邪笑容里藏着的疑问和遗憾。是她的心早已掏给了另一个人，你得不到她。

是的——得不到。她身上浑然天成地散发着这几个字，让一干人等蠢蠢欲动，求而不得，又欲罢不能。

6

"那你的伤是怎么回事？"听完了故事，我冷静地转回正题。

"司康……"她抬头看着我，委屈地念着我的名字，眼眶泛红，越来越红，像是已经盛不下她的伤心，"他要去美国找他妈妈了，我再也见不到他了……"

"别这样想，你不是也要出国的吗？说不定离开了过去的环境，你们还有机会在一起……"我挖空心思说着安慰的话。

"他……他来找……找我了……"白月一时间情绪翻涌，抽泣得讲不出一句完整的话。

"我说……我跟你一……一起去美国吧……大不了就……就私奔嘛……我们重新，开始嘛……然后……然后他说……他是要跟他女朋友，一……一起去……

"我知道，我知道，我是真的失……去他了，这一次……我……我终于还是失去他了啊！"

她把头埋在我怀里放声大哭，好像天崩地裂、世界末日，好像人生再不会好起来了。

"那你打他啊！打他没良心的负心汉，你打自己做什么？"

她抽泣着不出声，好一会儿才稍稍平静下来，抬起头，原本俊美的一张脸，已经又红又紫。即便已经一年多没见面，他依然能让她狼狈成这个样子。

"我回到家，心里好难受，好痛苦，感觉快要窒息而死了……我就想用肉体的疼来分散心里的疼。我真的……真的没有别的办法了……"

我不知说什么好。这就是一个活到 17 岁便爱到 17 岁的女孩，在失去挚爱的悲痛面前，堕入的极端愚蠢。身上的伤够疼，心里的伤就能好过一些——这样脑残的自残，就是一个要才有才、要貌有貌、要钱有钱、要谈恋爱有一堆人排队等她选的白富美少女，那点可怜又奢侈的心愿。

玩得转琴棋书画，读得通天文地理，却熬不过一场初恋带来的灾难。然而亲人、朋友、同学……若身边有谁能真的懂她，帮得到她，她何至于跟萍水相逢的我哭诉这一切？

7

白月因为脸上的淤青不方便上电视，最终退出了决赛的录制。

两周也很快过去，到了要告别的时刻，我们俩却好像已经认识了很多年一样。

临走前，我对她说："答应我，以后不要再把自己打得那么丑。"

她说："好的，老青着脸我爸会翻脸的，我总得想些更好的办法才行。"

白月的爸妈陪她一起请我吃饭，为我饯行。最后还打包了三份榴梿酥给我在火车上吃，那被时光纪念着的美味，在之后的岁月里再不曾重逢过。

回到家以后，关注白月的博客成了我的新习惯。

她常常给学摄影的朋友当模特，修长纤细的身材，别致而独特的脸庞，写满故事的一双眼睛……她随便一坐，随意一走，一跳一转身，便是一张杂志封面，一首自由的诗，有灵魂、很动人的那种。

高三前夕，她要出国了。

"去哪里？"我问。

"芬兰。"她说，"那里给我一种所有人都能重新开始的感觉。"

"哈哈，听说是一个连排队都要彼此留好空隙的国家。"我打趣着说。

"是，强迫症大国。"她笑了，"不过，距离感，可能正是我需要的东西。"

那之后，再登录博客去看她，发现已经设成了仅好友可见，还好，我是好友之一。我就这样，透过网络的"秘密花园"，旁观着她在北欧的新生活。

她在大学里读电影，每天拿着相机和 DV 走走拍拍，许多琐碎的记录都有着惊人的质感。她也交了新的男朋友，有像极了木村拓哉的年轻艺术家，有兼任着健身教练的大学物理讲师，都很优质有魅力。

大三那年，摄影师 Moon 在网络走红，拍琥珀、拍极光、拍冷峻的北欧男人和广阔风景。她的照片没有花花绿绿的小清新色调，每一张都浸透着浑厚的氛围感，吸引了全球各地的发烧友。那个 Moon，就是我的朋友，白月光小姐。

研究生二年级，Moon 出了第一本全胶片作品集——《在对的时间遇到错的人，也是幸运》。

我好奇，好好一本艺术作品，为啥起一这么小言的名拉低档次呢？

她说："没什么啊，只是觉得这句话蛮有道理的。你看它如果反过来，就很悲剧啦。"

反过来？

在错的时间遇到对的人，是场悲剧。

在错的时间，遇到对的人，是场悲剧。

8

你说，"不羁放纵"到底该是什么样子？它可不是轻浮、放荡、装装玩世不恭的样子就可以。

看似冷酷的 rocker，唱情歌往往唱得入骨，能让听者老泪横流；嬉笑一世的顽童，在心里往往有份牵绊，唯隐藏才能喘息。因为纵情与重情，常常一线相连，而不羁与深刻，总在一念之间。

4 岁相识，14 岁相恋，24 岁，她用命名一本书来为他做纪念。二十年，竟没有等来一个对的时间。

好在，没有你，也不会死。时间给了我更多东西，有欢笑、有梦想、有成就、有爱情，只是再也不会有你。

如今想来，我从没见到过故事的男主角青宇，他是个怎样的人，与白月曾怎样地相爱，甚至到底长什么样子，于我都只是一个想象而已。

美丽如白月，为他疯狂、犯傻、痴缠、心碎，却始终不曾有半点怨恨。这让我越来越愿意去相信，他是一个值得的人，至少对她自己来说，他值得她付出至此，铭记至此。

其他的，我们不得而知。

是的，我们不得而知，所以也不会有人知道，那个被命运捉弄的少年，也在心底流下了一万滴眼泪，他把遗憾，作为对她一生的牵挂。

9

时光飞逝，算起来，我和白月已经相识十年了。我偶尔还会逛逛她的博客，里面依然是些日常琐碎，她活得平凡、灿烂又安逸。

她身上还是有难以捉摸的神秘魅力，既独特又洒脱，但不再让人担惊受怕。她不再做年少时那般鲁莽的事，说当年那样任性而倔强的话。她跟每个少男少女一样，走过撕心裂肺的雨季，在岁月长河里蜕变和长大。

她的头像，是与交往三年的男友的合影，签名是：依然谢谢生命里所有的相遇。

终于有一天，私奔小姐不再痴迷于私奔，风干了她的天涯海角，尘封了她的爱恨情仇，把心寄托在时光的波流情影之中。

当年心头的朱砂痣，如今在哪里，化作了谁的青空和宇宙。而曾经在他窗前执着的白月光，此刻淬炼为一首动人的诗，书写在遥远的雪国疆土上。

流过的泪，挨过的疼，放过的手，丢过的人，做过的蠢事，发过的毒誓，到头来也就是青春的纪念品。

时光造就一切，时光抚慰一切。

愿伤疤愈合后的你依然白皙，愿前方总有更美的结局。

BEAUTY

阿童木叶叶的时光机

AND THE CITY

1

　　我每次回国，除了吃以外，最急切的就是找人一起看电影。因为自从出了国，一切国产电影都只能在电脑窗口里播放，而且还都是下映以后，更别提什么 3D 巨幕之类的效果了。所以只要回国，我都要找机会坐进电影院，不管档期里是好片烂片，赶上哪部看哪部。

　　最近的一次，我看的是《乘风破浪》。陪我一起的，是同样因为春节而回国的阿童木叶叶。不同的是，她已经看过两遍了，一刷跟老公，二刷陪父母，看得够够的了，怎么也没想到会被我一个电话叫出来，三刷同一部电影。

　　"早知道你要看这部，我就装病不出来了。"她面无表情地捧着爆米花。

"没关系，你可以睡觉。"我"大度"地说，"我只是需要有人陪我坐着，自己一个人看电影太悲惨了。"

"哦，只是需要有人陪坐啊……"她说，"那我不睡觉了，我还是剧透吧。"

…………

我在阿童木叶叶贴心的剧透中看完了电影。她很有公德心，为了避免伤及无辜，都是在观众们大笑的时候迅速伏到我耳边，把接下来的关键情节以相声演员报菜名的速度叨叨一遍，听没听清楚另说，倒是让我把一部 2D 电影看出了 5D 的效果。

看完出来我问，你觉得这片子好看吗？

"反正……挺真实的吧。"她说。

"啥？你说一个穿越片真实？哪儿真实？"

"阿浪他爸踹他脸那里挺真实的。"她笑着说。

2

阿童木叶叶从小没少挨她爸踹。

她之所以有阿童木这个外号，就是因为小时候太好动，一天到晚风风火火的，像脚下有火箭随时能起飞一样。东北人信奉棍棒底下出孝子，虽然叶叶是女孩，但在她爸的威严下，也是"小祸罚站大祸挨打"这么过来的。

阿童木叶叶能进树德中学，是花钱走的后门。全市最好的学校——不管哪个市——当然都有一部分名额是给关系户的，叶叶自己倒不在乎念不念名校，可她父母在乎。

不擅长学习的叶叶，在以变态著称的树德中学里，日子自然不好过。好在，她心大，又机灵，当我们被作业和考试虐得满地打滚时，叶叶总能找准时机溜出去，跟男朋友唱歌喝酒。这样放肆生长的她，与她那高端知识分子家庭极其严格的家教，形成鲜明的对比。而我这种根正苗红的"共产主义接班人"，能跟她走到一起，还要归结于高一时的全校运动会。200米预赛上，我才跑20米就摔了个狗吃屎，跟我隔了三个跑道的她居然折回来扶我。

"没事，你不用内疚，我们班跑得快的在另一组预赛里，我本来就是凑数的。"她也不等我说啥，一边扶我下场，一边自己就解释起来，生怕别人下不来台似的。

这简直就是天使啊！我理所当然地，与她成了朋友。

从此，阿童木叶叶带我体验了许多"第一次"。

我第一次喝酒，第一次去游戏厅，第一次打台球，都是跟她一起。我见过她每一任男友，我还是她的朋友里唯一去过她家里的。她说，其他朋友她是不敢带回家的，但只要我去她家，她爸妈都特别放心，坚信我们在房间里是在写作业（而绝不是看漫画），连岗都不查。

3

在我的印象里，心比天大的叶叶总是挂着一副傻大姐似的笑容，什么事都能呵呵呵地乐过去。唯独说起爸妈，说起家庭，她笑不出来。

叶叶的 17 岁生日，正赶上父母去了外地开会，当时正值空窗期的她，约了"狐朋狗友"们吃饭庆生。不知是太高兴了还是太郁闷了，她一个人喝了十二瓶啤酒，看得我直傻眼。生日会结束，大家原地解散，我不放心，便送她回家。

2 月的东北是极冷的，虽然只有十五分钟的路，我们却走得格外艰难。好在那年头还没有雾霾，空气凛冽而爽快，星星特别亮。叶叶一边哼着跑调的歌，一边踉跄地往前走。快到家时却停下了，一屁股坐在雪地上，说什么也不肯动。

"司康，我害怕。"她醉得迷迷糊糊，却又好像十分清醒，"我不想过这样的生活，我怕我爸爸。"

"哪个小孩不怕爸爸呀。"我连忙说，"我小时候，我爸也老威胁我，老说要揍我。"

"不是的，不是的，我不怕揍。"叶叶嘀咕着，"我……我怕我爸妈不爱我……"

她话没说完就哽咽了，眼泪吧嗒吧嗒地掉在雪地上，还冒着热气。

"他们想要的是一个优秀的孩子，学习好，懂事，听话……这样的人才配做他们的孩子。我不争气，我做不到，他们就硬要把我掰成他们想要的样子。他们控制我的一切，不给我一丝信任和自由。我的人生就是在躲藏、在隐瞒，想尽办法去撒谎、去遮掩。而他们呢，从来不愿意去了解我，一点都不肯……

"他们嫌弃我交的朋友，不准我谈恋爱，可他们越是禁止，我就越想要逾矩！我不停地恋爱，一空窗就感觉整个心都空了，难过得受不了……可是我每次恋爱都不超过四个月，不是被劈腿就是被骗，从来没有好结果……我想，可能世界上根本没有人爱我吧……连我爸妈都不爱真实的我，谁还会爱我呢？可是这是为什么呀！为什么，为什么我的爸妈不爱我？！"

最后一句话，她是吼出来的。哭声放肆地重叠着，回响在黑夜的雪地里，特别丢人。

她满身酒气地坐在寒风中，吼叫着问，为什么她的爸妈不爱她。

4

在父母的严防死守下，叶叶不敢写日记，就把情绪全寄托在网络上。

那时候流行 MSN Space，叶叶的主页走在时代的尖端，各种抽象背景、滤镜图片、莫文蔚的情歌循环播放，还有当时未被非主流普及的炫酷火星文。

我毕竟不和叶叶同班，随着学业紧张起来，也不是常常能见到她。所以，访问叶叶的 MSN 就成了我了解她近况的途径。有半年多的时间，我在网上看着她恋爱又失恋，一篇篇呢喃的日志，一段段自问自答……老实说，多年后回想起来，这一切都非常矫情、中二、脑残，让她恨不得掐死自己，可在当时，17 岁的青春似乎真的有写不完的纠结和疼痛。

高二读完时，父母安排她出国，去加拿大念预科。

叶叶心里一万个不愿意，可她也清楚地知道，父母的决定，根本没的反抗。临走前，她又迅速地谈了个恋爱，仿佛要抓紧最后的时间求生一般。我见过这位新男友，留着叛逆的小胡子，其他……就没有任何能让我记住的点了。

她跟新男友去唱歌，去滑冰，去游乐园，穿情侣衬衫，戴情侣戒指……她在博客里记录着这段争分夺秒的爱情，写下很多不符合那个年龄的深情。

我旁观着这一切，百思不得其解：叶叶谈了这么多恋爱，男朋友走马灯似的换，每一任都被她视为真命天子，每一次她看起来都是全心全意扎进去，破裂时也是实打实地肝肠寸断——可，这合理吗？

很久以后，我终于明白，她并不是在追寻某个人，她是在追求"身在感情中"的那种状态，或者说，她在盲目地寻求着爱。她追切地渴望在爱里得到温馨和宠溺，就算一切美好都只是错觉、假象，就算那时的她根本还不懂爱长什么样子，她也戒不掉这个瘾。

5

出国前这场海誓山盟，毫无意外地在她去加国短短三个月之后化为了泡沫——小胡子男友跟前女友复合了，叶叶在大洋彼岸隔空捉奸，顺利被甩。

她又崩溃了，一夜一夜地失眠、喝酒。那时候，陪在她身边的是预科班的同学小君，一个俊朗得不像话的南方男孩。

我一直问叶叶，她和小君有没有发展的可能，因为这位小哥实在看着太顺眼，与她所有前任都完全不同。

她说，没有吧，就是同学而已，没往那方面想。

许多人或许觉得，小小年纪就能去国外念书，多开心，多幸运。其实，年少留学，也并非那么容易。

家、朋友、熟悉的环境，通通不见了，只能自己独自面对空旷而未知的新生活。克服语言障碍，与陌生面孔打交道，照顾好身体和情绪，当然还要努力学习，否则考不上大学……在这样紧凑的重重压力下，叶叶的失恋倒是慢慢平复了，可她 MSN 里的日志却依然阴郁。

留学并没有让她获得更多自由，叶叶的爸妈早早安排好了一切。她 homestay 的住家与她爸妈是熟识的，她的一举一动又被监控起来，每一份成绩单，每一通打来找她的电话，每晚回家的时间和周末的行踪，全被远在故乡的爸妈掌握着。爸妈还常常搞突袭，打查岗电话，每次一听到座机响起，叶叶都吓得一激灵……她想快快摆脱这样的生活，便提出搬去学校宿舍住。毕竟加国的冬天零下三十多摄氏度，住家离学校又远，她每天都要在寒风里等那四十分钟才一班的公交车，这让上下学成了件无比遭罪的事。她据理力争，表示搬去宿舍能节省时间和体力，提高学习效率。但不出所料，这样的要求立刻被她爸妈否决了。

这一切一切，都让她暴躁而绝望。可 18 岁的她不愿认输，不想放弃自己的那点倔强，于是她像在国内时那样，灵活运用插科打诨撒小谎的本领，与远程遥控她的爸妈展开了艰苦而隐秘的斗争，尽全力为自己支撑起一个保有些许隐私和欢乐的空间。

就这样过了一年，学渣叶叶预科毕业，顺利升入了同省的大学。虽然不是啥一流名校吧，但也足够对得起她遭的罪了。家里高兴坏了，叶叶的父母更是欣慰不已，不停感叹送女儿出国是正确的决定，这丫头果然得出去吃苦才能有出息！

考学成功是叶叶翻身的第一步，为她换来了些许话语权。经过几番争取，叶叶终于获得批准，大学可以搬去宿舍住。她终于摆脱了二十四小时被监控的住家生活。

那时候，预科班的同学小君也成了她大学里的同学。

他们在一起了。

6

从此以后，叶叶的 MSN 画风变了。再也没有阴郁的情歌，没有矫情的火星文，没有大段大段伤感又不知所云的发泄。

她不再孤身闯荡，无论走到哪里，身边都有小君。这男孩英俊爽朗，而且特别爱笑。他甚至连一张摆酷的自拍都没有，在所有照片中，你看到的他都在笑，仿佛那是他唯一的表情。他的浓眉大眼透着亲切，嘴角上扬的弧度弯弯圆圆的，整个人散发着精气神。爱笑的男孩，运气都不会太差吧。

叶叶和小君课余时间都在打工，攒下来的钱用来给对方买礼物。每一个节日，每一年生日，他俩都好像在竞赛一般，花样百出地给对方制造惊喜，谁也不肯输。烛光晚餐、玫瑰花瓣、满房间的彩色气球、名牌手表和包包……通通都只是标配，为了能让对方开心，他们不惜站到双腿酸胀，用辛勤赚来的薪水来给彼此创造美好的记忆。

叶叶和小君用周末和假期游遍了北美。她主页里的日记越来越少，取而代之的，是大量无须赘言的照片。班夫如天堂般的雪山碧湖，洛杉矶红霞似火的夕阳海滩，大峡谷壮丽到无言的绝景，拉斯维加斯的疯狂火烈鸟，西雅图的咖啡和雨天，小镇的教堂，家后院的秋千……足迹所至的每一处，都留下他们牵手微笑的灿烂剪影。

她不再需要文字去倾吐了，照片里满溢的幸福感已大过一切。

大四那年，修完所有学分，不需要再去上课的我，从东京飞去加拿大找叶叶。那是我和她自高中分别后的重逢，也是我第一次见到小君。

在加拿大的一整个夏天，我见证了这对"老夫老妻"的甜腻。一天天地，你给我做个锅包肉，我给你做个杨枝甘露，恨不得把爱意当调味料撒进锅里。俩人都比刚交往时白胖了不少，他们笑称这是幸福肥。

那段日子，我无时无刻不感觉自己是个发亮的灯泡，心里一百万次犯嘀咕，喂喂，你还是我认识的那个谈恋爱从不超过四个月的阿童木吗？——生生咽下这句找打的话，我笑眯眯地问她："现在不用躲躲藏藏了吧？书也念得顺利，生活也过得滋润，男朋友一表人才，你爸妈对你再也没有不满意的地方了吧？"

叶叶摇摇头，苦笑着说："满不满意我不晓得，因为他们还不知道我和小君的事情。"

"为啥？"我不理解，"都这样了还需要偷偷摸摸？"

"哎呀，我爸妈是不可能接受我早恋的。大学生也是学生，念书就得心无旁骛，早恋就是不学好！"她流利地讲出这一串"家训"，语气却是轻松的调侃，而没有丝毫抵触的激动了。

要好好谈一场恋爱，又完全不被家人察觉，是间谍级别的高难度工作。好在叶叶从小积累了丰富的实战经验，年复一年，随机应变。

表姨注册了人人网？那我注销，改用微博。老家朋友都在玩朋友圈？没关系，不还有分组发布嘛！——简直是兵来将挡，水来土掩，超长持久的游击战。

终于，当她连研究生都要毕业了时，父母发话了："是不是该找个对象谈了呀？"

"我等的就是这一天。"叶叶淡定地笑了。

从那以后，叶叶主页的画风又变了。从甜腻浪漫的二人世界，变为与小君一起带着爸妈满世界旅行。我知道，她的爱情终于"解禁"了。

二老对小君也是满意得不得了，而叶叶的照片中除了和从前一样的灿烂笑容，还多了些格外耀眼的东西，是胜利、是圆满、是苦尽甘来。

7

又过了两年多，我回老家给叶叶当伴娘。那时的她已经在美国开了家家具店，起早贪黑地打理生意，大小算是位"资本家"了。

她父母见到我格外热情，这让我很惊讶，掰手指算算，跟叔叔阿姨总共也就见过两面吧，还都是十年前的事了，难得他们还记得我。

"咳……他们啊！"在新娘化妆室里，叶叶悄悄对我说，"他俩一直说，从小到大我交的朋友里，就司康一个正经好孩子。我跟你说，他俩得记着你一辈子呢！"

我乐了。

"啊对了!"叶叶突然拍一下大腿,神色认真地对我说,"万一,我是说万一啊,他们要是问起我和小君的事,你可别说漏嘴!"

"啥意思?"我不明所以,"你别告诉我……他们到现在……还不知道?!"

"当然不知道!"叶叶傲娇地白了我一眼。

"那……他们以为你俩是什么时候在一起的?"

"研究生毕业之后。"

"才两年?"

"对。"

"也就是说,你们俩作为大学同学,一直保持着纯洁的同窗之谊,父母那边刚一松口,你们就看对了眼,立刻认定遇到了对的人,谈一次恋爱就结成了婚……这,他们也信?"

"唉,司康小天使……"叶叶摆弄着我的手,不无打趣地说,"人呢,总是会相信他们希望相信的事情。"

我默默咀嚼着这句话,心情有点复杂。

在我看来,叶叶和小君在异国他乡相濡以沫,爱情长跑了八年终于修成正果,这是多么宝贵的故事啊!既然此刻的结局皆大欢喜,为什么还要用虚伪的谎言去掩藏呢？难道不应该大声告诉全世界——我们早就相爱了，既没耽误学业，也没毁了前途，反而因为彼此一路扶持，才有了今天的美满结果。如果真按当初大人们的要求做，说不定早就错过了良缘，哪里会有此刻的幸福呢？

"咳——"叶叶仿佛看穿了我内心所有的潜台词，慢慢地吐出三个字，"何必呢。"

下午三点，阳光不再咄咄逼人，顺着被风吹得飘起的白窗帘，垂洒进来。

"司康，我知道我父母的观念有问题，所以我没有照他们说的做。"

叶叶从我手里接过新娘捧花，用最后一点独处时间说："以前我觉得自己好苦、好难，我也恨过，也自怨自艾过。但我终于撑过来了，能掌握自己的生活了，然而这时候我只觉得，只要大家都开心，就够了。

"我爸妈是不会变的，一辈子了，怎么变？他们觉得正是多亏了当初的铁腕教育才有了今天的美满结局，那就随他们呗。何必非得证明他们是错的才罢休？

"确实，他们的思维曾经深深地伤害我，可我已经从这些年的磨炼和经历中得到了太多。我感恩能成为今天的自己，而这当中除了自己的付出和努力以外，无论如何都还有他们提供给我的留学机会和经济支持。当我专注地过好了自己的人生，我已经不渴望去打败他们，去证明自己是对的了。他们都快60岁了，真的老了，而我也到了能够释怀和包容的年纪。老人家是爱面子，但不是傻，许多事他们心里是有数的。摊开真相，非要争个谁对谁错，这要么击垮他们一辈子的骄傲，要么各执一词吵翻脸，哪一种会比现在这样的结果更好呢？"

叶叶说完这番话，房门便被一群亲友挤开了。她发自内心地欢笑着，进入她今天最重要的角色中去。

我跟在她身后，再一次仔仔细细地打量她。当年短发俏皮，一股子野劲的阿童木叶叶，此刻白裙加身，长发盘起，眼神里都是宽厚与安定。17岁时那未解的疑问，似乎已经有了最好的答案。

仪式在草地上举行。我站在一对新人旁边，听他们在宾客面前宣誓发言；陪他们在酒席间穿梭答谢；看两家父母在舞台上讲述孩子的故事，他们是那么地自豪，那么地激动，那么地幸福洋溢——我想，这就是她想要的全部意义了。

冷漠让人渴望温暖，束缚令人更向往自由，无知蒙住了每个人的眼睛，而成长会揭开一切谜底。十年寂寞又坚韧的努力，让她学会了体谅。爱人在身边不离不弃，让她心中的空洞被真情填满。曾经横在父女间的悬崖峭壁，在生活的脚步中，化为了守得云开见月明。

阿童木已经退休，风火轮已经卸下，今天的她还是她，但到达了一个更美好的彼岸。于是甘愿永远保守秘密，为了那一句"何必"。

8

"如果给你一次穿越的机会，你要不要也回到你爸妈年轻的时候，去教育教育他们，别对孩子太苛刻？"时间回到 2017 年，我和叶叶在电影院旁边的茶餐厅里聊天。

"我想……我会像阿浪那样，不改变任何一件事。"叶叶说，"许多穿越电影，都是为了让主人公改变过去，可是你看阿浪，他回去一趟，既没拦住他爸报仇，也没想办法替他爸坐牢，更没仗着未来的信息教别人发家致富。他只是去见了他妈妈，重新认识了他爸爸。"

"但其实，如果真的可以穿越的话，人是可以去改变一些事情的，对吧？"

"对，但我不会，或者说，我不敢。"叶叶笑了，"无论什么样的人生，都是有遗憾的。我在这个人生里流的眼泪，在另一种人生里未必就能省下，不过是换了件让你哭的事而已。活到了今天，不能说完美，但我喜欢此刻的自己。如果动了过去的任何一件事，也许都不会有今天的自己，也许我不会认识你，不会和小君在一起，取而代之地会发生许多其他的事情。我不能保证，那样的人生一定比此刻的更好。"

"看来，给你穿越的机会也没什么用。"我调侃。

"嗯……也不能这么说吧。"叶叶歪歪头，眼中掠过难以言说的温存，"如果能给我一个回到过去的机会，我会去 2006 年，我 17 岁生日的那一天。你扶着烂醉的我，跟跄地走在家附近的雪地里。寒风凛冽，吹得我脸都要碎了，可是星空是那么地迷人。我会对守在我身边的你说：放心，这家伙十年后还是这么能喝，不会爆肝的。

"然后，我会握住当年那个阿童木叶叶的手，擦干她脸上的泪，用最笃定的声音对她说：

"'爸妈是爱你的。

"'他们的爱并不完美，并不公平，甚至给到你许多伤害，但依然是爱。

"'日子不会永远那么难。只要你不放弃，只要你不堕落，就算看不见希望也要持续地努力，因为总有一天，一切会好起来。你不会再因寂寞而谈四个月的罐头恋爱，你会得到一份真正的爱情，你会找到自己愿意付出心血去经营的事业，你会幸福得令人难以置信……而最最让人高兴的是，你值得所有的这一切。'"

9

《乘风破浪》的另一个结局，是阿浪的爸爸作为领航员跟儿子一起上了赛场，远处人群里，阿浪的妈妈——老年小花，殷切地注视着比赛。

但这个结局最终没有播放出来，因为作为电影，不可以这么圆满。

好在，生活可以。

时光从来不等人，它只有不回头地向前飞奔。

怎样顽劣的孩子都会长大，怎样强硬的父母都会老去。

但生命有限，聚散无常，愿当你懂得时，一切还来得及。

真想找你的人，
总会有办法找到的

1

陈早早是个不上网的人。

好吧，这样说不太严谨，像淘宝啊，打车软件这种生活必需品，她也是用的。她不用的是社交网络，微博脸书朋友圈、豆瓣推特企鹅空间，一切的社交网络。光这一条，若放在古代，也和隐居深山差不多是一个性质了。

我曾无数次问过陈早早，为啥爹妈会给她起这么个怪名？她说是爷爷起的，因为她比预产期早出生了三周，搞得一家人都措手不及，名字还没想好，就索性叫"早早"了。

陈早早至今都是我认识的女孩中传奇指数最高的前三名，而她自己却从不自知。

我们相识于 12 岁那年，在一家大型补习班里。

这个补习班本身也很传奇。它的创始人老连，曾经是树德中学最知名的数学老师，在晋升校长的竞争中落败后，不甘于寄人篱下，便毅然出走自立门户，创办了全科目补习班，专门培养以"考入树德中学"为目标的孩子们——哼，不是不让我当校长吗？我就让考进树德的学生们，都先管我叫校长！

不消三五年，补习班扩张成了大型补习学校，因为创始人叫老连，所以学校被戏称为"莲花教"。想来这里补习，得先参加入学考试，录取率还不到 10%，考上以后按成绩分班，每个月还要举行全科目月考……是不是很变态？

总之，就是在这血雨腥风的莲花教里，我第一次见到了陈早早。

她不是本地人，小学五年级时因为爸妈的工作调动，从北京转学来了我们这个城市，六年级时考进了莲花教。

那时候的她唇红齿白，五官深邃，还挺像混血儿的。但是因为矮小肥胖，这样的容貌特征看起来怪怪的，非但没成为白雪公主，反而像极了童话绘本里的小矮人。再加上她在莲花教里成绩几乎垫底，存在感非常薄弱，直到小学毕业，我对她也没有存下什么特别的印象。

考入树德中学后，有几次在走廊上远远看到，我才知道原来她也考进了"遭罪部"。但我们俩的班级分别在走廊的最两端，平时很少打照面。

那时的我绝不会想到，这个毫无存在感的小胖墩，就在树德中学开启了"跌破众人眼镜"的逆袭之路。

2

众所周知，我国应试教育是如何爱（摧）护（残）花（人）朵（心）的。即便在树德这样的名校里，也难免有"教学好、素质差"的渣老师，尤其在我们竞争惨烈的"遭罪部"。

我曾在办公室目睹，班主任把一个没写作业的男同学扇到哗哗流鼻血，然后面不改色地叫家长来学校。等家长风尘仆仆地赶到后，不但不跟老师玩命，还当着全班同学的面给老师鞠躬道歉……类此种种荒唐事，在我们的学生时代都已是习以为常了，大多数同学如我，都麻木地接受了"分数即人格"的法则。

可陈早早却不，她不是大多数。

初二那年，成绩平平、其貌不扬的陈早早，被物理老师当众指着鼻子骂："丑八怪我告诉你，就你这样的，要不把学习搞好，将来去当妓女都没人要！"

这件事后来被我们称为"妓女事件"。

早早当场爆发，不顾物理老师的咆哮，在众目睽睽之下拎起书包就回了家，然后在校方和家长都还没反应过来发生了什么事时，便独自坐上长途火车"离家出走"了。这一走，就再没回来。

同学圈子默默地炸锅了，各种版本无从证实的传说都悄悄地泛滥起来：有人说她去新疆卖羊肉串去了，有人说她自杀了，也有人说她真去当妓女了……第一次，这个不起眼的小胖子，成了大家议论的焦点。

大概过了大半年吧，我才偶然从一个跟早早关系要好的同学那儿得知，她当时离家出走是去了北京的奶奶家。而这大半年里，她爸妈是软磨硬泡、恩威并施地劝她回家，动员了所有亲朋，想尽了各种办法，居然都没成功！相反，随着时间越长，早早在北京的生活便越稳定。最终，她爸妈只得承担着降级降薪的损失，费了好大的劲双双调岗。

早早就这样，凭一己之力把全家搬回了京城。

多年后，当我们已成为挚友时，我依然忍不住追问她："当年全家大人怎么就没拧过你个小屁孩？"

她说："我很清楚自己在做什么。一方面，那件事超出了我的底线，再继续在那种环境待下去，我肯定就废了。可我小小年纪还能去哪儿？只能回老家找奶奶。另一方面，那老师的话也点醒了我，像我这种长得丑的女生，确实就得学习好才行。那要论教育和考学优势，显然北京是更好的选择。我其实没指望爸妈也能跟过来，我只是给他们时间，去理解我为什么要这么做。"

早早说起这些来异常平静，作为听者的我却震惊得半天没说话。

那一刻我明白了，说早早的人生是"丑小鸭的逆袭"并不恰当。她从一开始，就拥有超出年龄的清醒与倔强，她原本就是独特的存在，只是从不张扬，从不显露，甚至可能从不自知。

3

"妓女事件"只是陈早早传奇人生的一个开始。

重回北京的她，在"丑女就得学习好"的鞭策下发愤图强，很争气地考进了重点高中。

那时，年级里最风光的是一位学霸男神——官僚子弟、俊朗阳光、成绩优异。虽说在皇城根下的好学校里，家境显赫的孩子比比皆是，但能把上述三项都集于一身的，在同年级里还真没第二个了。而这位男神，竟然毫无预警地、"匪夷所思"地喜欢上了陈早早。

我知道这样的情节真的非常玛丽苏，但生活本身就是比剧本还要狗血。在男神真诚的表白下，肥妞早早受宠若惊，顶着各种非议交往起来。每次两人并排走在操场，被指指点点是少不了的。台词无外乎

"男神怎么看上这种肥猪？""她凭什么跟男神在一起啊？"……完全偶像剧既视感。

面对恶毒汹涌的舆论，早早的自尊自强再次被激发！为了成为配得上男友的女人，她开始了严酷的减肥。节食当然不在话下，每天早上慢跑两小时也是雷打不动的。

就这样艰苦努力了一年，17 岁时，身高长到 1 米 66 的早早，从80 公斤瘦到了 50 公斤，混血儿般的白皙肤色和深邃五官，终于沉冤得雪地绽放开来。

高中毕业后，在树德中学的同学聚会上，当见到特意从北京赶回来的她时，我根本不敢相信，眼前的窈窕美女就是当年的肉墩墩！脑内弹幕顿时刷满了脏话……

聚会结束后，我们在洗手间又碰见，便聊起天来，越聊越投机。那时的早早，还因为高考失利而略显沮丧。说"失利"也不恰当，因为她很奇葩地只报了北大这一个志愿，用"考不上就出国"来给自己破釜沉舟。然而偏偏，一起报考的男友考上了，早早却差了几分而落榜。

"那接下来你怎么办？"我问。

"退而求其次呗。我之前申到了康奈尔大学，先去念本科，再读法学院。"她极其平淡地说，完全没注意到我在旁边被那金光闪闪的"其次"亮瞎了眼。

就这样，18岁的陈早早，完成了从小透明到大学霸、从小矮人到白雪公主的双重逆袭，还谈了个媲美偶像剧的霸气初恋。人生活到这一步，感觉已经够了呢！

但不，陈早早的酷，才刚刚开始。

4

在经历了三年早恋、两年异地后，大二结束的那个假期，早早的初恋画上了休止符。

遥遥无期的分离，逐渐清晰却难以交集的未来，都是令这段感情走到尽头的原因，用早早的话说就是——两个人都已经撑到了极限。

在长达三个小时的分手电话里，两人为初恋的终结约定了一个小仪式——他们分别从纽约和北京飞到首尔相见，一起吃了顿饭，分了个手。仿佛就以此，给自己和彼此的青春一个体面的交代。

"为啥要约在首尔？"我问。

"我假期回国在首尔转机。"早早说，"而且我们俩的一切回忆都在北京，回到这里以后……最好就不要见面了。"

虽是波澜不惊，但五年的感情，失去时的个中酸楚与遗憾，只有当事人明白。

转眼间，又过了两年，早早按计划升入了法学院，依然是单身。

我有时不怀好意地调侃她是否旧情难忘，早早会很认真地回答："刚开始，面对身边的追求者，总不自觉地拿他们跟前任做比较，这是大忌，肯定不会有好结果。不过现在两年过去了，已经放下得很彻底，而且我特别享受现在的生活状态，有充分的时间读书、交朋友、自我管理。我得好好珍惜单身的时间，万一哪天爱情说来就来了，我转头就跟人家跑去非洲了也说不定啊！"

早早的理论，总有些偏门的说服力。

"那，你和他，有再联络过吗？"我问。

"没有。"她答得利索。

"连逢年过节到你主页里打个招呼留个言什么的也没有？"

"第一，我们俩都不是会那样做的人。"她顿了顿，"第二，我没有主页啊。"

"什么意思？你的人人网或者脸书呢？"

"司小姐，你什么时候在那些东西上看到过我？"她说得那么轻飘飘理所当然。

我不可置信地把记忆翻腾个底朝天……哇，真的！那时候微信还没诞生，社交网络却正发展得如火如荼，年轻人们乐此不疲地传照片、写博客、交朋友，可这么多年，我和早早之间，竟然只靠着无数次忘记密码的陈年老QQ来维系着联络！而我竟然到这一刻才发觉，简直是宛如智障！

"你这样，岂不是跟外界失联了？"我脱口而出。

"怎么会呢？你不就找到我了吗？"早早说。

我愣。

对啊，即便她没有空间微博人人网，我不也还是跟她要好了这些年吗？

"司康，你知道吗？"

早早把接下来的话说得尤其清晰有力："不管你走得多远，走了多久，有没有向全世界展示你的足迹，真想找你的人，总会有办法找到的。"

早早的这句话，简直概括了她的人生。

5

十几年前，学校管得严，孩子们几乎都没有手机，彼此联络多是打家庭电话，再有耐心点的就写信。早早的离家出走事出突然，连同学录都没来得及写，可那几个与她要好的朋友却从不曾与她失联。

世界那么大，即便在科技最不发达的年代，你若对一个人有关心、有牵挂，哪怕飞鸽传书，也总归能找到他。

世界这么小，若是没有再见的必要，哪怕是同在一个城市的昔日恋人，也永远遇不到。

——这就是陈早早啊。

也许对许多人来说，这样"隐居"的她真的就如同消失了一样吧。但就像我们每个人生命中的一次次毕业、告别、分道扬镳时那样，总会有许多人从我们的世界里消失，我们也同样从他们的世界里消失，而那是因为，我们都只是彼此的过客，我们对彼此而言，都是无关紧要的。

因为不在乎，所以不关心，于是不知道，反正无所谓。

——与这样的人失联，又有什么关系呢？

6

有人难以相信，像早早这样摒弃了一切社交分享的年轻人，生活岂不会很枯燥，友情也会疏远的吧？其实不然，早早比大多数人都更充实而踏实地生活着。

千千万万活跃于各个社交平台上，留言点赞求互粉的"宝宝"，在社交网络以外，可能一辈子都不会主动找对方说句话、喝杯茶。而毅然从虚拟世界中出走，选择了专注于真实人生的陈早早，与每一个同她保持着联络的人，都成了长久的伙伴，跨越时间和地理。

她恰恰是我认识的最重感情的人之一。

七年前，她的儿时好友大李，想给正在纽约读书的女友小美送圣诞礼物，却苦于自己身在北京，没有美国的居住信息而无法订到小美钟爱的某品牌鲜花，便请早早帮忙。

早早二话不说答应下来，以自己的名义注册了品牌会员，顺利在圣诞当天，把老同学的爱意传达给了他心爱的姑娘。之后的情人节、小美生日、又一个圣诞，又一个情人节……早早每次都受大李之托，就这样为小美送了两年的花。直到这对恋人分手，早早的使命才算完结。

可之后，每到一个节日前夕，早早还会收到那家鲜花品牌邮来的卡片，上面写着：您的朋友小美，在期待收到您的花束哦。

鲜花品牌都误以为早早是小美的男朋友了。早早看着卡片，有点小尴尬，又觉得有趣。

从头到尾，小美不认识早早，早早也没见过小美，她却为老朋友的这段恋情默默做出着贡献。直到今天，当大李和小美之间早已没有了联络，早早这个不相干的局外人，还定期接收着这段已逝爱情的"纪念品"。

"你不觉得这种事很烦吗？如果是我，一开始就不会答应帮送花。"有闺密吐槽说。

"是吗？还好啊，这么小的忙，不帮都不好意思啊。"早早却永远是这样想。

五年前，念大四的我从早稻田大学交换到洛杉矶留学。

许多身在东岸的朋友知道后，都说要来找我玩。可一学期念完，只有陈早早一个人，真的披星戴月地来了。

那时她正在独自横贯美国的途中，开了一整天车，下午五点，在太阳刚要下山的灿烂时分，停在了 UCLA 大门口等我下课。当我和三五个同学抱着书本走出校园时，就听见身后几声鸣笛，回头看，她一袭 T 恤短裤，戴着墨镜站在车门旁看着我，简直男友力 max！

她载着我去海边看日落，去唐人街吃烤鸭，在星光大道上给我讲美国人民津津乐道的好莱坞八卦……我这种整个学期都靠搭巴士和蹭车活下来的路痴，看着她靠个谷歌地图就自驾游全美的潇洒利落，真是爱慕得快弯了。

然而对她来说，无论是千里探友这份真诚，还是她本身的独立优秀，都是再正常不过的小事，根本不足挂齿。

三年前，我们俩共同的朋友——莲花教时期的老同学在意大利结婚。

那时的早早已经考到律师执照，刚在纽约找到第一份工作，还在试用期。这个当口，要为了参加婚礼而请假一周，简直是痴人说梦。可早早作为伴娘，又迫不及待地想早些飞去罗马帮忙，于是她咬咬牙，跟上司谎称老家出了急事要回北京一趟，成功告假。

她是第一个到达罗马的宾客，陪着新娘子改婚纱，帮忙筹备单身派对，连婚礼上发给宾客们的伴手礼，都是她熬夜一个个包好的。

然而没想到，偏偏那几天，不知情的家人因为一时联络不到她，就打电话到她工作的律所找她。同事接到电话很诧异，所谓"老家有事，要回北京"的谎言不攻自破。律所连发数封邮件找人，说再不回复就要按失踪报警处理了。瞒不下去的早早只好回了邮件，老实交代了。律所要求她立刻回纽约做解释，否则将被解雇且得不到离职推荐。没办法，苦逼伴娘把活都干完了，最终却没能出席婚礼。

都这样了，她还不忘叮嘱当时正要从东京出发去意大利的我，她没取消后几天的酒店，反正钱已经付完了，让我直接去替她住就好。

我也就恭敬不如从命，不光替她把酒店住了，还替她把婚礼上她那份餐食也吃了。

"唉，早知道第一份工作才做半年就辞了，真不如当时豁出去不回纽约，好好把婚礼参加完再说。"

早早至今还对错过婚礼这事耿耿于怀。

7

至于工作，是的，正如她所说，她在最初的那家商业律所里干了半年多便忍无可忍了。

"再做下去，我肯定会抑郁的。"她没有多诉苦，只是扔下这句话，便卷铺盖走人了。跟小时候离开树德时一样，突然又决然。

律所没有挽留她，在时间就是金钱的世界里，成年人的决定不必劝。一个人走了，立刻就有新的人补上。上司递过来威士忌，干掉这杯，祝你好运。

因为还不知道下一步要做什么，早早索性先给自己放了长假。从纷扰嘈杂中解脱出来的她，本能地奔向了加拿大的山间河流。

加国的夏天凉爽舒适如天堂，住在小木屋里，连手机信号都断断续续。这与世隔绝所带来的清澈和宁静，简直千金难求。每天没别的事可做，就是钓鱼、放生、读书、看星星。

在这一段时光中，她交到了一位新朋友——自然。这位朋友是如此静谧、广博、神秘而又亲切。有这位好友相伴，日子漫长，却一点都不孤单。

偶尔，在仰望那清晰闪亮到不可思议的星空时，早早也会想，这种场景，真该有个恋人在身边啊。但她从不失落，从不悲切，只是盼望，怀着自信与期待。

时间啊，在这完美的空气中仿佛凝固了。直到没钱了，才发现原来已经过去了三个月。

最后一天，站在清澈见底的河流之中，看鱼儿在泛白的涟漪下游过，看周围矗立的壮观山林，这世外桃源带给她的平静与治愈，突然间化作了脑海里的一闪而过。

陈早早知道了，明天以后她要成为什么样的人！

回到纽约，银行账户里还剩不到 2000 美金，连房租都不够交了，她立刻着手求职。

在啃了两个月的三明治后，她正式成为一名环境律师，与秦锦织的先生 Max 成了同行，从此每天围绕着"保护濒危鱼种""起诉化工企业"这样的议题。

虽然收入比在大律所工作时少了三分之二，可在我们一票朋友心里，她酷毙了。

是的，如果一定要用一个字来形容陈早早，我想就是"酷"吧。

酷，不是冷漠，不是清高，不是欲扬先抑，不是故弄玄虚。

酷是把真正重要的东西时刻放在心底，酷是不在意他人的闲言碎语，酷是明辨是非、懂得爱和珍惜，酷是做自己。

她的不卑不亢，她的拿得起放得下，她的执着和潇洒，她的软弱和遗憾。她像是这时代里的小小隐士，过着质朴的生活，尽着最大的努力，给朋友全部的真诚，却又对自己所拥有的美好特质浑然不觉。

所以每当想起她，我便想起亦舒对林青霞的形容："一个女孩子，美成这样，而她自己却完全不自知。"

8

陈早早至今也没有用社交网络，关于她的一切，想知道的人会知道，想找的人会找到，谁问她就告诉谁，不问的她从不提起。

截至此刻，28 岁的她没得诺贝尔奖，没当上最年轻 CEO，也没成为什么大人物。在如今传奇遍地的互联网时代，她看起来真没什么了不起的，不过就是个头脑清醒、低调自强、真诚谦逊的女孩子而已。可繁星人海，能真正做到这十二个字，又谈何容易？

因此，至少在我心里，她始终是个令人想起便觉得美好的小小传奇。

更美妙的是，如她这样"平凡的传奇"其实有很多，或远或近地散布在我们的四周，有时只能听说，有时却能同行。在他们身上，我们看到鼓舞，得到治愈，心生感动。

感谢上帝，这样的人有很多很多。

真好。

你的梦想值多少年

1

　　每年的夏秋时节是日本的实习季。

　　这个"实习"与普通的兼职、打工不同，它是专门为正在念大三或研一，也就是隔年就要开始正式求职的学生们所设立的"热身"环节。各大行业企业会开放极少量实习名额，学生们便申请去提前体验自己感兴趣、未来想要加入的职业和公司。

　　作为正式求职的前奏，实习本身也没那么容易，许多热门公司在申请的过程中就有重重考核、笔试面试，俨然就是个"迷你求职"。大家都想为自己争得履历和经验，所以在众多学生中脱颖而出，拿到有限的名额，并且良好地完成实习任务，就是"求职战"的第一枪。

　　是否找到实习？找到几家实习？都成为对自身水平的客观评定和

参考。而实习期的表现，更是直接关乎未来求职的结果，有人会因为表现出众而直接被提前录取，也有人会因为实习时闯的祸，而与此家公司彻底无缘。

是的，实习之于求职，是个不大不小，但相当重要的步骤。于是每年到了夏秋时节，总会有几个学弟学妹忧心忡忡地来"求指导"。老实讲，他们中有很多人，其实比我这个老学姐要优秀得多。我呢，不过是比人家早生几年早经历了这些过程，便能堂而皇之地坐在咖啡馆里，听小朋友们倾诉心声。

今年也不例外。

在这个迟迟不冷的深秋周末，约我出来的两个女孩，一个是我母校早稻田大学的学妹——大三学生子菲；另一个是两个月前来了我所在的公司做兼职的欣荣，她在国内念完了本科，目前在东京大学读研。她俩都加入了同一个实习群，因而彼此认识，当她们得知对方也要找我"约谈"时，索性就约在一起了。

俩妹子先跟我"汇报"了先前夏季实习的情况：子菲比较简单，就做了学校推荐的两个项目；欣荣的履历就华丽得多了，申请了五家投行，成功拿下其中三家的实习，另外申请了四家咨询公司，不巧全都落马了。

"我就纳闷了，怎么没有一家咨询要我呢？他们到底看重什么？"

欣荣抱怨。

"这个……履历、潜力、跟公司风格的契合度吧。"我回答得很常规,"不是所有公司都那么看重学历,社会活动和个人特点也挺重要的。比如有人本科时就去非洲当过志愿者,或者组织社团出版过经济杂志,这种贡献类和实践类的经历,就很受外资公司的欢迎。不过嘛,你也不必太懊恼,求职的过程既是对方评价你的过程,也是你判断对方的过程,错过的,都是彼此不适合的。"

"也对,反正我还有投行和商社。"欣荣话锋一转,立刻告别了纠结,"学姐,你觉得商社和投行比,选哪个好呀?"

我被这直白又笼统的提问搞蒙了,低头想了想,然后看着她,小心地问:"欣荣,你……有梦想吗?"

"啊?"她像没听懂我说什么一样,也可能是惊讶于我突如其来的汪峰附体。

"你想做的事情,比如……人生目标、职业理想?"

"哦……没有。"她答得干脆。

"那,你找工作的标准是什么?"

"要不就名气大的外企,要不就挣得特别多的。"她说得很自然,并不觉得有什么不好意思。

而坐在她身边旁听的子菲,脸上却掠过了一丝异样的表情,那是一种叫作"这家伙真是俗不可耐啊"的不屑。

2

我转而问子菲："你呢？"

她蹭了蹭鼻子说："我还在犹豫。其实我可以就在东京找个工作，或者留在早大读个 MBA，再不然……就是去欧美。可是出国这几年已经花了家里不少钱，我也没把握去了欧美继续读书就一定能多成功，感觉也不是很值得。"

子菲一脸迷茫，末了，说："唉，学姐，其实我的纠结都来自，我是有梦想的。"

"哦？"我忍不住一乐，"你的梦想是……"

"我从小就想做主持人，但家里不同意，觉得我成绩好，学艺术可惜了。可是自从出了国，考到早大念经济以后，我越来越觉得自己对金融这类东西不感冒，很难想象以后要以此为生……我心里总被那个传媒梦绊着，不甘心就这么彻底放弃……"

子菲越说越沮丧，停下来叹口气："我也想过毕业后回国搞传媒，可是国内电视台呢，专业不对口又没背景的人根本进不去。留在日本，就更不可能了……"

"你知道 ××、×× 和 ××× 吗？"我说出了三个朋友的名字，"她们都是在日本做传媒做得很好的华人女孩。"

"学姐，她们是传奇人物，我跟人家怎么比啊？"妹子这时候倒是妄自菲薄起来。

"她们为什么是传奇人物？"我笑了，"你知道她们都经历了什么，都是怎么过来的吗？她们也没念过传媒专业，都是在没有机会的环境里不断寻找机会，在黑暗里摸索着坚持了很多年。那些从艰难中开出花来的故事，就成了大家口中的传奇。而别人呢，与其说不能跟她们比，不如说根本不愿意承受那份艰难，不敢放弃更稳定的选择，不想牺牲已经握在手里的东西，去换取一份未知的缥缈。"

子菲看着我，想了想，不说话了。

3

之后的两个小时，我给欣荣介绍了日本几类公司的职场特征，筛选了她最为注重的"高薪""名企"等关键词，讲得口干舌燥。

离开咖啡馆后，欣荣便匆匆赶去一场外企的说明会了，剩下我和子菲两个人，并排往车站走。

"子菲，你是不是挺看不起欣荣的？"我笑着问。

"没有没有。"她连忙摆手，"我只是……惊讶于她的坦率，也确实不太认同她粗暴的求职观……"

"因为你是有梦想的人，是吧？"

"学姐，你别讽刺我嘛……"她害羞得红了脸。

"哈哈对不起。"我赶紧拍拍她肩膀，"可是你要知道，我们是没有资格看不起欣荣那样的人的。"

子菲疑惑地看着我，等待我的下文给她答案。

"可能对你来说，很小的时候就有了想当主持人、想站在镜头前传递信息的梦想。可是，世上还有很多人，并没有那么明确的灵感，所以'梦想'对他们来说是个很虚的词。欣荣看重收入，可能是为了给家人更好的生活，可能是为了证明自己的实力，也可能是想进入更优秀的圈子，甚至哪怕只是为了有面子……无论是因为什么，在'梦想'暂时还没有一个具体形态的时候，这些都可以算是她的梦想。谁规定'梦想'就一定得出尘脱俗？

"你看过选秀节目吧。一批又一批年轻人站上舞台，每个都说要追求音乐梦想，谁也不会说是为了名利而来，但十年过去，有几个人还在坚持做音乐？

"在我看来，自称没有梦想，但勤奋自强、坚持不懈的欣荣，比那些老把梦想挂在嘴上，却不付出行动的人，要踏实得多了。"

子菲的脸越来越红。

"别误会，我不是在指责你。"我说，"因为我自己，也没什么资格说别人。"

4

我们很快走到了车站，看着子菲疑虑未解又闷闷不乐的样子，我有点不忍心就这么甩手告别。

"我带你去见个朋友，怎么样？"我问。

"好啊。"她点点头，"学姐的朋友我认识吗？"

"应该不认识吧，他才回东京半年。"我说，"他正在跟国内媒体合作拍电影，你不是喜欢传媒嘛，我带你去他工作室看看。"

"真的吗？太好了！"子菲两眼放光。

我们坐车到了池袋，拐进一家中餐馆，点了几道热炒打包。

"为什么要打包带走呢？约在店里一起吃多好。"子菲纳闷。

"他可没时间出来吃饭。"我笑着说。

我要带子菲去见的这位朋友，叫田郡。

当年我还在早大念大二时，跟一对在早大念研究生的学长夫妻很要好，后来还一起计划开工作室。田郡也是这对夫妻的朋友，常去他们家蹭饭，所以我们俩偶尔会在饭桌上碰到。

田郡出身于高干家庭，本科是国内排名前十大学的计算机专业，就业形势一片大好，可毕业后的他想来日本学电影，这自然遭到了家里的坚决反对。

一个根正苗红的 IT 理科男，突然要走上浪迹江湖的艺术路，这反差对他在当地颇有威望的家庭而言，实在难以接受。家人们不知道的是，对"拍摄、剪辑、从无到有地创造出一段影像"这件事的兴趣，在田郡高中时就已萌芽。大学念了计算机专业，每天跟电脑打交道，让他对影视创作更加熟练，从兴趣变为了热爱。这个决定于田郡来说，其实一点都不突然。

僵持之下，田郡丝毫没有回心转意的意思，家里最终让了步，但明确指示，出国学电影可以，不能考艺大，只能折中去早大念艺术专业的研究生，至少还算进了世界名校，学历好听。

于是田郡就考来了早大读研。

读了一年，怎么都觉得不甘心、不对劲，毕竟像早大这样的综合性大学，就算地位再高师资再好，纯比艺术教学，怎么可能与一流艺大比肩呢？他冒出了退学重新考艺大的念头，而这念头一旦出现，就日复一日地强烈起来，多耽误一天他都觉得煎熬。

当时好多朋友都劝他，何苦瞎折腾？反正已经学着电影了，学校之间能有多大差别？自己多下点功夫也就补上了。可田郡不这么想，他不在乎学历，他只想去最牛×的艺术学校，跟顶级的电影大师学艺。

最终，他还是退了学，凭他出众的天赋，重新考上了全日本最好的艺大，师承北野武。

那之后我再见到他，他要么胡子拉碴破衣烂衫，要么黑眼圈耷拉到苹果肌，总之都是一副上山下海修行受苦的模样。可是他眼睛里总闪耀着小孩般的纯真和兴奋，五官发亮似的表达着"这日子一天一天太美了！"——是啊，想想也不难理解，对于一个学电影的人，"我老师是北野武"这句话，真抵挡了所有鞍前马后地在剧组熬的夜、受的累、吃的苦。

至于，他退学重考这事，是怎么搞定家里人的，我们就不知道了。

这就是我认识的田郡，那时我们都还在念书。

一转眼，毕业四五年了，听说他回国参加了几部网络电影的拍摄，最近又回东京创业了，几个月前，我们才又重逢。

5

至于当年跟我合开工作室的那对学长夫妻——裴彰和筱溪，也都是很了不起的人。

两人因为酷爱电影而在高中时结缘，来日本留学后正式相恋，大二就扯了结婚证，大三怀孕生子，这一条龙简直不要太高效！不过，因为还要念研究生，还要创业，现实里实在兼顾不来，他们只能忍痛把刚满周岁的孩子送回了国，让两家老人照顾。

后来，他们俩双双考进早大读研，一个学法律，一个学会计，据说就是为了将来开影视公司能用得上。

我们作为校友，很自然地相识了，聊几次发现志同道合，便决定一起做点事。

筱溪看起来瘦瘦小小的，可是个铁娘子！在外能扛摄像机，在内通宵剪片子。唯一的软肋，是跟儿子打电话。不管老人照顾得多好，儿子的声音听起来多开心，她总是一听就哭。

我问她，特想念孩子吧？

她说，想，特别想，但比起想念，更多的是愧疚。

我们开始合作后不久，正为开设工作室做筹备时，筱溪怀上了二胎。肚子七个月大时，发生了东日本大地震，引发核电站爆炸。

各种恐怖谣言在大洋彼岸的国内泛滥，好多城市的盐都被抢购一空。在混乱而恐慌的舆论环境下，小两口的家人不淡定了，坚决要求他们回国。

他们思量再三，忍痛决定以家人优先，离开这个奋斗了八年、播种了很大梦想却还没来得及收割的地方。

当我接到筱溪打来的电话时，我正在国内电视台实习。当时正值假期，回国实践的我躲过了那场地震。因此，我更没有立场去埋怨人家的选择，我只是替他们感到可惜。

"不要跟我说可惜，我心里的遗憾根本说不完。"

筱溪在电话那头说："我法学博士都考上了，下个月就开学了。当初怀着孕，边拍片子边准备博士考，那么难都过来了，现在却全都要放弃……

"付出那么多心血筹备的工作室，就这么结束了，深深觉得对不起你……

"我和你姐夫早就想好了，生完这胎就把大儿子也接到东京来一起生活。我们特意找了大点的房子，虽然地点远了些，但够一家人住的。这前脚才付完了押金、搬完了家，现在却……

"不要跟我说可惜，根本说不完……"

五年前的往事，还鲜明如同昨日。

那场天灾像命中注定的契机，改变了太多事情。

那些突如其来的变故和转折，是年轻的我们无法抗拒的考验。

好在，我们有足够的力量，在被迫拐弯后，继续走一条不同于预期的路。

在那条路上，筱溪和裴彰从头来过，在老家开了工作室，从拍广告、拍婚礼开始慢慢积累，如今在国内微电影圈已经小有名气。虽然离他们拍大电影的梦想还有很长一段距离，但至少，他们能靠自己热爱的事情来养活家计，已经难得珍贵了。

6

我按响了门铃。

田郡的工作室在一栋建筑的地下二楼，连影棚带剪辑室，空旷得有点阴森。

田郡应声来开门。刘海夹起，后脑勺中间一上一下两根短短的小辫儿，30 岁的人了，却有张真挚的娃娃脸，就是眼袋挺大，估计又是熬夜剪片子搞的。

他招呼我们坐下，接过我手里的外卖，连连道谢。

"你真是救了我的命了，我这两天加起来只睡了三个小时……"田郡咀嚼着美味的中餐，几乎要热泪盈眶。

"你上一顿饭几点吃的？"我问。

"我想想啊……"他抬起头努力回忆着，"应该是早上六点吧，吃了两片剩下的干面包。"

"十二个小时之前？"子菲讶异极了。

"嗯。"田郡点点头。

子菲倒吸一口凉气，默默地转头看着我。

"主要是我后天就要回国了，回两个月，所以得赶快把手上的片子都剪好交出去。"

"怎么突然要回去？"我问。

"我们的原创网剧啊，东京的投资人这两个月拖延打款，好像资金很紧张。我自己饿着没事，可是跟着我的几个主创，我得给人家发工资啊，所以临时决定回国一趟，去拉拉投资。"田郡说，"本来手头没有这么多急活的，可刚巧阿飞上两周来东京拍纪录片，我给帮了个手，事才多了起来。"

阿飞是女孩，光听名字就很生猛，本科在中国人民大学，毕业后出国到早大读研。

在我念大三那年，一个新加坡导演要为某东南亚电影节拍开幕影片，我帮他演了女主角，阿飞是副摄影，我和她就这么认识了。之后这些年没什么联系，听说她在上海开了自己的广告公司，哦对了，还听说去年订婚了！

"阿飞的未婚夫有陪她来吗？"我问。

田郡一口菜吃到一半，嘴边还挂着豆苗，看着我，愣了几秒，说："他俩……分手了。"

"啥？"我难以置信。

"唉……做这行的女孩子不容易，日夜颠倒，到处出差，又累又忙。本来男方家里就不喜欢阿飞的职业，总想劝她'从良'，消消停停地做个稳定工作，有点贤妻良母的样子。可阿飞哪能啊？加上她又那么要强，被男方家人不待见，这口气哪能一直忍着？最后，还是散了。"

"阿飞……还好吗？"我弱弱地问。

"好呀，不好还能怎么办？"田郡意味深长，"我们这样的人，能坚持下来，都是有梦想在撑着。就算贫穷、失恋、不被理解，甚至被歧视，都不会真正让我们倒下。只要梦想还活着，总归是撑得过来的。如果有一天，阿飞真的遇到对的人，那个人也绝不会以推翻她的梦想为条件来爱她的，对吧？"

对。

我说。

我和子菲离开了田郡的工作室，他一直送我们到街口，还远远地挥着手，特别可爱。

往车站走的路上，子菲一言不发，我也沉默不语。

我想我们都在思考相同的问题。

7

你知道，世上有些人，不擅长数理化，但是有艺术才能，也许是绘画，也许是好口才，也许是精于音乐或表演。可惜在大多数时候，这些"学习"以外的才能，这些总被大人认为"没用"的特长，都不怎么受我们中国老百姓待见。

明明都是了不起的才华，世俗却偏心地认为：学习不好就是笨，与读书无关的事都是不务正业，成绩优秀的人如果不去做高薪又稳定的行业，那就是浪费。

"学姐，你说……我该怎么办？"子菲打破了沉默。

"亲爱的，没有人能给你答案。你要先问问你自己，好好地问清楚。"我说。

"家人反对你学艺术，所以你考了令他们满意的学历。可是在大学里，你也并没有好好利用留学的自由，去为你口中的梦想争取机会啊！你有递简历去日本电视台打工吗？就算合格率再低。你有把握课余时间发起过什么节目或项目吗？你有展开所有的人脉和渠道去争取国内传媒公司的假期实习吗？

"你说你想当主持人，其实，你也打心底里瞧不起主持人，你也觉得丢人。你不敢正视你的梦想，不敢认真去思考和对待它。你介意世俗的眼光，不愿用前途做赌注，生怕别人误会你也是'不够优秀''不务正业'的人。这才是你迟迟不行动的根本原因。

"可是你想想看，田郡、阿飞、筱溪、裴彰，哪一个不聪明、不优秀？哪一个不是顶着名校的光环，却选择了泥泞？一条路走到山穷水尽，还在坚持，好不容易熬到开了工作室，还可能被亲戚视为'不稳定的个体户'。但无所谓啊！他们不在乎别人怎么看，他们也绝不会为自己的梦想感到丢脸，他们没有怨言，因为梦想从来都不欠他们的。

"子菲，你说你因为心中记挂着梦想，耽误了对未来的规划。但我希望你明白，梦想这个词，不是这么用的。

"你为你的梦想做过什么呢？想想那几位在东京传媒界打拼的华人女孩，也就是你口中高不可攀的'传奇人物'，人家为梦想烧掉多少金钱和血汗，又烧掉了多少青春年华。再问问你自己，你能为你所谓的梦想，付出多少年？"

8

是夜，我和子菲告别。

之后她没再联系过我。

倒是欣荣偶尔跟我"汇报"求职进展，这姑娘心无杂念，就想赚钱，直白得竟有些励志。毕竟人生长着呢，何必急于替别人下定论。说不定摸爬滚打几年后，她突然灵光一闪，找到自己喜欢的事情，便用现在想赚钱的干劲，去死命追求梦想了，谁知道呢?

我越来越清晰地觉得，最危险的不是迷茫，而是以迷茫为借口原地徘徊，不进不退，还心有不甘，拿不起放不下。

如果没有梦想，就别把那一点心血来潮幻想成梦想，牵绊着自己迟迟不能面对现实、脚踏实地地生活。

如果有梦想，嗬，你早就行动了。

9

又过了两个月，我意外地收到了一条来自子菲的短信："学姐，我决定读研了，留在早大念传媒学。我比田郡学长幸运些，早大的传媒专业已经是日本最好的了。我是俗人一个，学历和梦想，我都要。"

后面跟着一个调皮的鬼脸。

紧接着，好巧不巧地，田郡的微信也蹦了出来。

"谢谢你之前的雪中送炭。我刚回到东京了。回请你！"

10

我们约在了上次我给他打包热炒的那家中餐馆。

他气色好多了，还是一脸赤诚纯粹的笑容。

我们聊得酣畅淋漓，眉飞色舞。

"好怀念读书那时候啊！几个志同道合的朋友凑在一起，两眼放光地瞄准着雾蒙蒙的远方，啥也看不清，但是啥也不害怕。需要温暖了，就聚在筱溪和裴彰家吃饭。他们那个小家怎么那么好，明明连个像样的餐桌都没有，可是那么叫人留恋……"我喋喋不休。

"他们家还遭过贼呢！哈哈哈！"微醺的田郡打断了我，"因为他们住一楼，一楼房租最便宜嘛，结果筱溪就亲眼看着院子里晾的内衣袜子被贼偷了哈！"

"对呀，省吃俭用，租便宜的房子，再加上打工赚来的钱，通通花在更新器材上。"我一时抑制不住狂涌而来的回忆，感慨万千，"田郡啊，你和筱溪、裴彰、阿飞，就是我心里真正敬佩的人。结婚生子、地震海啸、出国回国，都没有让你们停下脚步。而我，却不再是你们中的一员，我早就妥协了，放弃了，选择了更现实更好走的路。我并不为自己的选择感到惭愧，这些年我过得一点都不后悔，但我看着你们发光的样子，真的感到非常非常骄傲。"

我杵着下巴，言语由衷。

"司康，我不觉得你放弃了啊。"

田郡神情认真。

"做一件事嘛，有很多种方法。有的人单刀直入，有的人曲线救国，有的人从头到尾使足十分力，有的人顾全大局只先使三分，力所能及，细水长流，十八年后又是一条好汉。这条路，只要你绕回来了，那都不能叫放弃。你看看这些年，你绕得多不容易。"

他笑眯眯地看着我，又一次语气坚定地说："你并没有放弃啊。"

BEAUTY

我们都是透明人

AND THE CITY

1

　　我从前并没想象过，童年的创伤会给一个人留下多么永久的影响。

　　我也从不知道，一个看起来开朗又坚挺的人，竟可以有着怎样隐秘的死穴。

　　我一直相信着那句话——那些不能杀死你的，只会让你变得更强壮。

　　于是我万万没想到，有一天，我的好朋友会打着飞机越洋而来，只为了告诉我当年发生了什么。

　　我和凉凉的"孽缘"要从幼儿园说起，那时候她还没有凉凉这个绰号，她叫沈幼心。

在我模糊的记忆中，沈幼心小小年纪就漂亮又时髦，但为人纯真憨厚，在精明的小孩面前常常吃亏。不过刚好我小时候也是以"缺心眼"著称，所以我们俩格外投缘。直到小学二年级那年，她突然搬了家，转了学，我们才渐渐断了联络。

弹指七年，在我都快忘了自己曾有过这么个发小时，我们俩竟又在高中重逢了。那时的她已摇身一变，成了隔壁班高冷霸气的大姐大，性格爽朗，言语犀利，脸上写着"不好惹"三个字。"沈幼心"这温婉的名字明显不合时宜，于是很快，一个响亮的外号诞生了——凉凉，一方面是"娘娘"的谐音，另一方面，就是字面的意思了。

重逢后我才知道，凉凉的爸爸在她小学四年级时病逝了，这也是她在那前后几年搬家、消失的原因。可是"单亲"一词，很可惜，即便已经 21 世纪，在我们的社会体系里仍然莫名其妙地带着点不光彩，十几岁的高中生又正值敏感期，为免尴尬，她不提我不问，就是我们的默契。

直到今天。

2

我是突然被她叫出来的。

两个小时前我接到她的电话，说她刚刚抵达了成田机场，无论如

134

何要找我喝个茶。于是我手忙脚乱地把工作一摊，就来赴约了。

此刻，我们在东京六本木一家复古咖啡馆中。坐在我对面的她，风风火火而来却没有半点疲态，丰盈红润的面颊使她总显得比实际年龄更小些，一身的简练利落又呼应着浑身散发的英气，是挺奇妙的混合。

"当初我爸去世后，我都没怎么哭过，尤其没在我妈面前哭过。"凉凉一如往常地开门见山，丝毫不顾及这是我们之间从未碰触过的话题，"我记得葬礼后第二天我去上学，晚冬的北方天清气朗，我迎着一路暖阳，突然觉得未来充满希望，还特励志地抬头望天，自言自语说：'爸爸你放心，我会做一个优秀的孩子，美好的明天在等着我。'当下，仿佛背景音乐自动响起，'大结局'三个字从我背后冉冉升上来，你说可不可爱？"

我咧嘴笑笑，不知该如何回应。

凉凉是她家族同辈里最有出息的孩子，从小到大学习都很好。虽然初考失利，没有进入树德中学，但中考时杀了个回马枪，以校外考第一的成绩进入了树德高中部。高三时她拿下了全奖去留学，毕业后又在海外积累了几年工作经验，现在刚回国不久，不靠天不靠地，就靠自己有本事，混得风生水起。

她如今的霸气，与自身娇小的身材和娃娃脸形成极大的反差，让我总是难以联想到幼年时那个憨厚懦弱的乖（受）宝（气）宝（包）。

"话说，小时候你可是个很没骨气的家伙。我记得一年级时有段时间，周末我们会到对方家去玩，有一周我有事，没去找你，你就坐在自己家阳台哭了一下午，最后你妈没办法，只好给我家打电话找我……"我想起儿时那些让人啼笑皆非的回忆，又默默低下头，想了想，说，"真难想象那样的你，在失去爸爸后竟那么坚强。"

凉凉从容地看着我，做出一个"罢了"的表情。

"我父母的身世很有趣。我妈出生在一个重男轻女的家庭，我爸家里就刚好相反，特别重女轻男。20世纪60年代！重女轻男！你说奇不奇葩？我妈15岁就跟我爸在一起了，典型的早恋。大学毕业那年，我妈随娘家来了东北，我爸就也追随她来了。80年代末结婚时，男方家只出了二十块木板做彩礼，让他们自己打个婚床。"

凉凉是调侃的语气，我却尴尬得笑不出来，只能默默听着。

"可我爸妈都是孝顺的人，每年春节，我们一家三口都回我爸的老家过年；平时每周末就回姥爷家吃饭，我的寒暑假也都是在姥爷家过的，跟我小弟做伴。"

凉凉的小弟我还记得，白白净净一枚小正太，只可惜他爸爸，也就是凉凉的舅舅，作为家中唯一的儿子，生生被溺爱成了无业游民。

小弟出生后不久，他爸妈就离了婚，小弟便一直在爷爷奶奶家养着。

"那时候我爸的事业很旺，每周都往姥爷家一车一车地送海鲜和酒，姥爷那整片小区的人都羡慕二老，各路亲戚也都把我当小公主一样捧着。可能是环境太温室了吧，我的性格有点衼，心思也简单，尤其不喜欢跟人争抢。你知道为什么那次周末你没来找我玩，我会哭得那么惨吗？"她捡起我方才提起的那件往事，"因为之前几个周末我们玩得好开心，我傻白甜地觉得，美好的事情就该永远持续下去……所以当你突然不来了，我就伤心欲绝的。"

"那什么，我能代表 7 岁的自己向你谢罪吗？"

"晚了！"她狠狠一摆手，我们都咻咻地笑了。

3

"二年级时我爸得了癌症，术后为了方便疗养，我们搬了家。那时候我不懂癌症是什么意思，以为开过刀就没事了，谁知两年后，我爸又开始频繁地去医院。有一天在家里客厅，他抱着我跳起华尔兹。音乐快结束时，他轻轻搂住我说，心心，以后要乖乖听妈妈的话。我傻乎乎地点头说好。之后没几天，他就住院了。

"春节前，他坚持要出院，去姥爷家过节。妈妈劝不住，只好依了他。我们决定在姥爷家住到初六，初六一过就回医院。"

凉凉依然从容，声音平静得如同在讲旁人的故事。而我的直觉告诉我，故事的高潮就要来了。

"除夕刚过，初一早上我就被姥爷的说话声'唤醒'。他在跟妈妈谈话，讲一些病理分析，音量倒不算很大，但各个房间都听得到。就这样一连三天，到了初四早上，我被一阵疯狂的咒骂惊醒。你知道咱们东北人骂街有多凶残，我根本不敢出房门去看一眼，甚至不敢相信，那一刻是真的。

"姥爷不停地大吼大叫，说我妈没良心，这么多年，没事时春节都往婆家跑，有病了就带回来祸害人，简直是白眼狼！他吼叫着说，几天来明示暗示、好言相劝非不听，还赖着不走，真是给脸不要脸！他说：'我们俩老的无所谓，豁出去不怕死不怕忌讳，可我们还有孩子呢，我们家也就这一个宝贝孩子啊！'

"我趴在墙角看着这一幕，呆若木鸡。我从没见过我那温文尔雅的姥爷如同野兽般，口沫横飞地飙着不堪入耳的脏话。那些咒骂像闪电一样打在我心上，一听一激灵。但任何脏话都比不上他那句'我们家也就这一个宝贝孩子啊'。那一刻，我看着站在一边的我小弟，才明白——哦，这才是他们唯一的宝贝。原来，他们从没把我当成过自己的孩子啊。"

凉凉这番话说得格外流利，仿佛一切都还清晰在目，而她已不再在乎。可是，我分明听到，她曾经天真纯净的粉红乐园，被十几年前那刺耳震撼的咒骂瞬间击溃，轰隆隆崩塌下来的巨响。

"他骂了好久好久。当时已经虚弱卧床的我爸，竟然自己穿好衣服，一边恭敬地挨着劈头盖脸的谩骂，一边利落地带着我和我妈走到门口，说：'爸妈，我们先走了。'出门时，还能听见背后传来姥爷愤怒的喊叫声。

"我们没有回头。正月初四，大东北，留串鼻涕都能冻上，我们一家三口在冷风里沉默地并排向前走，特壮烈，像英勇就义一样。

"我因为太冷，抽了两下鼻子。我爸立刻严厉地说，心心，不许哭！我倔强地说，我才没哭！我爸说，那就对了，心心，今天以后你要知道，人生在世，不能指望别人，一定要靠自己。——那是他对我最后的教育。

"从那天起，我妈跟娘家恩断义绝。她对上门来装傻劝和的一众亲戚说，她骄傲一世，没想到有一天会让丈夫因为她而受此屈辱。母女连心吧，我妈这番话死死地刻在了我心里。从此以后，对我来说，世上便再没有亲人这回事了。

"小学毕业那阵子，《情深深雨蒙蒙》不是很火嘛，依萍管陆家叫'那边'，视为仇敌。我跟你说，艺术还真都是来源于生活。"

她自嘲地笑了笑，低头呷一口咖啡。

六本木的这家店很是讲究，咖啡豆由客人亲自挑选，店员现场研磨，端上来正是香气最好的时候。可惜今天的我们俩，都无暇去好好品鉴了。

"一个多月后，我爸病逝。我妈恨啊！明明医生说过，好好调养能多撑一两年的……

"葬礼上，我妈的娘家亲戚都没露面。婆家那边只有姑姑一个人来了——我爸在世的最后一段日子，我妈曾打电话给姑姑，请婆家亲人们来见最后一面。姑姑说奶奶身体不好，家里人都很忙……于是直到最后，谁也没来探望。现在，人没了，她反倒满脸悲悯地过来要抱我，假惺惺地说着些可怜我的话。我一言不发，死死瞪着她那肥胖的脸，可惜身体却不争气，一大颗眼泪落下来。

"我爸吃苦半生，发达后不忘报恩，各路亲戚都被他帮持过。然而一朝有难，全变了颜色，临终落了个众叛亲离……他亲生父母兄弟从前就不善待他，那也就算了，连他全心尽孝的岳父岳母，都在最后的日子里丑态毕露。癌症是不传染的，他坚持要在岳父家过年，就是怕没有下一个年能陪老人了。我们只住到初六就走的，就差两天，他们都不能再等一等……"

她说到这里，终于泪流满面。

4

　　我看着这个与我亲近多年，却并不被人真正了解的姑娘。

　　这么多年，我不曾质疑过她身上有何不妥。小孩子总归在成长，性格变化这种事，也没什么好大惊小怪的。但是，这一刻，当那些深深隐藏的故事被放出闸门，拼图缺失的一角终于出现，我才惊觉，一切都有迹可循。

　　她活泼，却又常常面无表情；她霸气，却总冷不丁地放空；她努力与众人融洽相处，但又似乎总是力不从心；她说话做事、一颦一笑、不期然间微妙的神态……都因为这些故事，而化作了一句"原来如此"。

　　"你为什么没有早点对我说？"我问。

　　"因为我以前一直不认为，它们影响了我的整个人生。"她说，"谁的人生还没点起落、没点不幸呢？我不过是千千万万单亲家庭中的一个而已。"

　　我懂她的意思。

　　世上有个很难解释明了的词，叫作"难言之隐"。即便是好朋友，如果没有特殊的契机，也很难在某个场合——比如一起自习的时候，去食堂打饭的时候，拎着热水瓶回宿舍的时候，突然转过头来说，嘿，你知道我爸是怎么死的吗？——毕竟，有些事情我们乐于跟他人分享，有些事情则打死也不愿说出口。

所以，我更加好奇，在时过境迁、相安无事的今天，是什么成了那特殊的契机？

5

"前阵子回老家过年，跟两个小学同学聚了下，他们是我转学后认识的，也是这些年来我唯二还保持着联系的男同学。我们边喝酒边聊天，聊到小时候，我心血来潮地冲他俩抱怨：'当年关系那么铁，我爸去世以后你们都不说好好关心我一下，反而越走越淡了，真不够意思！'

"他俩听傻了，一边给我赔不是，一边面面相觑地说：'那段时间你都不怎么来上学，看不到你人啊……'

"我说：'胡扯！我难道是透明的？你们会看不到？'

"他们却很一致地说：'真的！感觉那阵子你就像消失了一样！再后来，你虽然在学校了，却都不怎么搭理人了……'"

凉凉抬头看着我，停顿了很久，说："我很确定，除了葬礼当天，我从未请过假，一直都有上学。"

"所以，总归有一方在说谎，或者记错了，对吧？"我说。

"不。"她说，"我们都没说谎，也都没记错。你知道吗，就在他们说起当年记忆的那一瞬间，真好像有一道金光穿过我脑袋似的，我好像第一次，看透了当年所发生的一切。"

凉凉双手摆弄着凉透的咖啡杯，一丝被冲动包裹着的释怀，掠过她稚嫩又沧桑的脸。

"变故发生得太突然，那时候，没有人教我该怎么消化过于巨大的震惊和悲痛。那段日子在我记忆里很模糊，但我料想，那时的自己大概是发挥了动物自保的本能，打造了一层结界，把自己隔绝，也把所有脆弱悲哀都锁在里面，谁都进不来，甚至看不到。

"人是能发出强烈信号的，当我主动消灭了自己在人群中的存在感，那么对周围的人而言，我便仿佛是透明的一般。那时候，大家都只是10岁的小孩，能多细心呢？于是这些年来，记忆经过大脑的加工美化，成为我们各自以为的事实。所以没有人在说谎，只是我们都被自己的记忆欺骗了。

"至于后来，哀痛期过后的我从那隐形的堡垒中走出来，回到现实中，敏感地发觉人们都在用同情的眼光看我，那让我非常不舒服。我不需要同情，不需要被另眼相看，我要做强者，像什么都没发生一样，挺起腰杆，再不许任何人欺负我和我妈妈！

"我就这样，慢慢变成了今天的我。"

凉凉深深呼出一口气，像是给我讲了一个人类进化的故事。这是一个沈幼心变成凉凉的故事。

"你变得坚强了，有斗志了，比以前更优秀了，这些都是好事，不是吗？"我连忙说。

"我也一直是这么以为的。但其实，曾经发生的一切，都已成为不可逆的心理创伤，只是我从来都不愿意承认而已。任凭我再逞强，再自欺欺人，都改变不了这个事实，那些伤害与痛苦，都已在我倔强的抵抗心中慢慢发酵，浸入我的人格，成为我未来的命运。

"我再也不是那个热心善良、憨厚单纯的姑娘。我再也回不去傻白甜的天真，再不能因为一些小事而快乐。我时刻带着防御心生活，谁对我有威胁，我先一眼瞪过去堵住他的嘴；谁敢和我作对，我一定当场奉还，决不留情。我变得敏感而焦虑，总不惜以最糟糕的可能去揣测人性；我很少能够为其他人身上发生的好事而由衷高兴；我从骨子里失去了爱和善良的能力。这一切我曾拥有的，都再也回不来了。"

她微微激动，双眼里充满悲哀，说出的每个字都那么沉重。

我们陷入了长久的沉默。我心疼到郁闷，感觉周身的空气都好混浊。

夕阳临逝的光束斜射进咖啡馆，斑驳之中，她有点苍白的脸颊，在金色余晖下稍稍显得柔软了一些。

6

"我曾想过，我也许一生都无法跟任何人成为家人，甚至很难拥有真正的朋友。我将怀着憎恨而扭曲的心孤独终老，永远无法得到幸福……可是，可是我有时又会很不甘心地想，也不一定呀，我这一辈子真的就只能这样了吗？也不一定的，对吧？"

"当然！"我紧紧按住她颤抖的手，两滴热泪落在了上面。

"其实我很庆幸，那次偶然的聚会，那两个男孩无意间的三言两语，也许就是上帝给我的解救呢。竟然就是在这么简单的一瞬间，我实实在在地明白了我所有不幸的症结。我要做的只有两件事：承认过去，放下仇恨。

"以前我一直以为这是不可能的。放下仇恨等于背叛爸爸、背叛自己，也放过了那些罪人。但现在，我一点一点明白了，其实这么多年来，我唯一没放过的，就是我自己。"

她哽咽着，眼眶通红，声音里透着祈求。

"我不想再做逃避现实的透明人，我也不想再用他人的罪孽来惩罚自己。过去那些事情，就当作前尘往事。我能被折磨至今，也怪自己看不开。到今天，那些坏人虽然未必受着良心的谴责，却都在现实里苦闷地生存着，他们过得远不如我好，我却并没有因此而多幸福一些。

"是时候，给自己一条生路了。我想好好过这人生，像所有快乐长大的女孩一样，去信任、去心动、去付出，不畏惧受伤，不计较吃亏。我要去交朋友，去谈恋爱，有一天……我也要有美满的家庭，我也要拥有最真实的幸福……"

"你可以的！"我用力握了握她的手，泪如雨下。

"司康。"她也回握住我的手，温存而有力，"我遇见了，我遇见了一个人。他就像阳光一样，浑身上下没有丝毫阴霾。他的乐观纯真，威力强大，能覆盖我所有破碎不堪的伤疤。我真希望，我也能给他幸福，可是我真的好怕自己会搞砸……"

是了，这就是她千里迢迢来对我倾吐一切的原因了。

真好啊，原来是爱，融化一切，抚慰一切，成就一切。

这突如其来、意料之外的下午，够我细细感喟许久的了。

"你不会搞砸的。"我在泪水中，挤出一个难看又真诚的笑容，"你从来没有搞砸过任何事，不管你遇到了谁，他是幸运的。"

凉凉眼里含着大颗的泪花，在霞光中像极了水面上金色的涟漪。我心里亦是五味杂陈，激动得难以言语。

我这特别的老朋友，她是那么不容易，又那么令人骄傲。

7

"司康。"凉凉擦去脸上的泪水，清了清嗓子，说，"我差不多要去机场了。这次临时起意来东京找你，我最想跟你说的是，我知道我一直都不是个招人喜欢的好朋友，跟我相处不容易，这么多年，谢谢你不嫌弃。"

我破涕为笑，紧接着又涌上更强烈的鼻酸，压制着声音中的颤抖，无比认真地对她说："你记着，不管你过去发生了什么，现在怎么看待自己，作为发小兼好友，我诚实地告诉你——天真善良的沈幼心，我喜欢，千帆过尽的凉凉，我同样喜欢。你值得被爱，也值得幸福，那些试炼和挣扎，都让今天的你格外耀眼。"

六点一刻，土豪凉凉跳上出租车，火急火燎地赶飞机去了。

不过一天时间而已，她的人生似乎轻减了些什么，我的则多了些什么。

我忍不住期待在接下来的日子里，不断听到她和那位照亮她人生的男孩之间的故事，我势必要做个忠实的旁观者，一集一集地追下去。

8

凉凉说得对，她一直以来都不是个完美的朋友。

她敏感、警惕又爱计较，逞强的外壳下包裹着一只容易受惊的小兔子，从不肯示弱，也不擅长体谅。

是的，她太不完美了，但曾与她共度童年的我，却总能感受到她的真情和努力。哪怕她暂时还没找回爱与分享的能力，但她的生命中还残留着许多沈幼心的痕迹，和只有凉凉才具备的光彩。

而我们，即便不曾经历过那些不平凡的前尘过往，又有谁能说自己是真善美的使者，毫无私心，只有温暖和宽厚？谁又能肯定，自己这一生绝无阴影和创伤，从来不是，也永远不可能成为一个想不开的透明人呢？

童年也好，成年也罢，凉凉的故事，不也或多或少地，包含着我们每个人的缩影吗？而朋友的存在，何尝不是我们这悲喜莫测的人生里，一个大写的依靠。

坦诚相待，真心以对，彼此珍惜和包容——我想友情最珍贵的地方莫过于：

我们都有缺陷，都有遗憾，但我们都愿意帮助对方成为更好的人。当你遭遇不幸，又当局者迷，当你成为透明人而不自知，我即便无力把你拉出来，也至少愿意陪在你身边。

我愿意爱你，因为我对你有信心，总有一天，你会有能力爱回来。

他们看起来的样子，
不一定是真正的样子

1

　　大学毕业后，我留在了东京工作。

　　咨询行业，浓缩成一个字就是累。虽说薪资待遇都很好，又是短时间内就能得到极大锻炼的环境，但那时的我是个刚从象牙塔里翻出来的小屁包，在初入社会的挑战面前，不但没有迎难而上越挫越勇，反而经常在深夜返家的路上，走着走着就开始怀疑人生了。

　　一年后，身心状态达到极限的我决定辞职。没想到大老板竟然不放我走，还特批了休假一年。心想多一条退路也是好事，我也就受宠若惊地接受了。

　　临走前的两个月，简直是数着日子等解放，连我自己都感觉到了自己的心不在焉。团队和上司也都了解情况，不太苛责我。熬过最后一天，我在强大的解脱感中迎来了自由的一年。

虽说答应了老板，休息好了会考虑回来，但其实那时的我并不认为这约定真的会实现。好不容易脱离苦海，自此天空海阔从头闯荡，谁还想再回来？然而，世事就是这么有趣，一年辗转，阴错阳差，发生了各种惊喜和插曲后，我最终竟如约走了回来，吓了老同事们一大跳。

复职第一天恍如隔世，站在熟悉又陌生的办公楼里，迎面是一张张新鲜面孔，许多从前的伙伴已经不在了。

我出于好奇，四处打听他们离去的原因，得到答案后，心里百感交集。这些家伙，连辞个职都要给你上一堂人生课。

2

先从最令我意想不到的山村小姐说起吧。

当初在我们那届的新人欢迎会上，她当选了所在团队的年度MVP。发表感言时，她仿佛元气少女般的活力热情令我印象深刻。在感言的尾声，她对包括我在内的新人们说："我跟你们一样，大学毕业就来了这家公司，一转眼已七年。一起进来的同事里只剩我一个人了，但我还会加油下去的，希望你们也一样！"

三个月后她升任经理，有了自己的团队，跟我同年入公司的一个女孩就被分到了她手下。

山村小姐最大的特点是笑容，是那种夸张却充满诚意的笑，加上她声音高亢，给人感觉充满能量。

很久以后我明白了，为什么在严峻的行业中常常有像她这样看起来精力无穷的人。那其实类似于一种气场营造，让自己时刻处于自我激发的亢奋状态，并以此影响周围的人。否则，高压职场中，坏情绪一旦发酵就很容易恶性循环，比如当年菜鸟一枚的我。

山村小姐这出众的自我调节能力还有另一个名字，叫作"无害面具"，而面具下的真容，也许是令人震惊的。

那是一个平常的加班夜，我们团队和隔壁的山村团队都还没离开，突然就听到山村小姐把跟我同届的那女孩叫过去，严厉地训斥起来。毕竟已是深夜十点多，高亢的训话声更显得清晰突兀，尴尬得让人直冒鸡皮疙瘩。

我往隔壁偷瞄一眼，只见女孩低头站着听训，旁边山村小姐整个脸歪的啊，十足一个黑社会流氓大姐的样子。

"公司付你薪水难道是让你来捣乱的？刚才问是谁搞错资料，为什么没立刻说明？脑子笨就算了，连点诚实的担当都没有？干不了就辞职回家，别成天给人拖后腿！"

骂声响亮而持久，丝毫不顾忌办公室里还有几十号加班的同事，座位临近的我越发听得如坐针毡。毕竟，我们好歹也是蛮前沿的一家上市集团，一向以"年轻、自由、创新"著称，我跟社长说话都从来不用敬语的……在这样的氛围里，像山村小姐这般直白尖刻，当众给人难堪的上司真的不多见。

可惜，那并不是唯一一次。

不久后，惨剧再次上演，还是那倒霉丫头。

这次的问题在于态度。好像是在让那姑娘改报告时，她头也不抬，蔫巴巴地答了一声"嗯"，山村小姐便瞬间被惹毛。

"你这不耐烦的声音是什么意思？这是回应前辈的态度吗？你是一年级，这里每个人都是你老师，连厕所保洁大妈都比你资历深！

"知道我们当年做新人时，是怎样诚恳地接受前辈的教导吗？什么都不会、处处给人添麻烦的新人，要是连个像样的态度都没有，到底还有个屁用！"

如此持续开挂，像炮弹一样轰炸着那可怜又不争气的娃儿。直到N久后，连山村小姐的上司大叔都心生恻隐了，故意邀山村小姐下楼抽烟，那倒霉丫头才逃过一劫。

从那以后，每当有什么事需要跟山村小姐接触，我都会格外小心，生怕哪里没做好自己也被骂成狗。可这份谨慎又似乎是多余的，她对待团队外的人永远是笑眯眯的没脾气。

有一次天很热，我买冷饮时顺便多买了些冰激凌回来，分完自己的团队，就把剩下几个拿给隔壁的山村团队。

山村小姐惊喜地大声感谢我，还专门发 E-mail 对我表达谢意。可惜我早被她先前的两次狮吼埋下了阴影，任凭她现在多么"元气少女"的模样，在我心里都难以摆脱对她"笑脸杀手"的印象。

也是直到很久以后，我才渐渐明白：并不是所有事都可以简单地用黑白好坏来形容，而你肉眼所见的一切，也不会是一个人或一件事的全部。

3

日本职场终归是严苛而专业的。在这样的大环境中，大家都以敬业为基准，以不给人添麻烦为底线，又以"做个友善的好人"的社会常识来自我要求，有时便难免，与一部分人自身的性格和立场相矛盾，导致形神分离，流于表面，产生距离感。

那距离，未必只是人与人之间的距离，也许更是一些日本人的表面与内在的距离。它容易被外国人误解为"虚伪"，但其实，这两者从根源到本质都是两码事。

山村小姐那热情直爽的面具下，是她骨子里的严格和保守。

她有顽固的自律原则，首先要求自身的完善，其后才是要求被她视为"自己人"的下属也向她看齐，做个合格的成年人。

她作为经理，总是团队中最早来、最晚走的那个，熬通宵住在公司的情况也是有的。我一直以为，如此投入在工作之中的她，一定在这里有着远大抱负，估计再干几年就能升上合伙人了吧？然而当我复职回来，她竟已离开了。

"她去结婚了。"我的新上司告诉我。

我惊讶不已。结婚就结婚，为什么要扔掉多年打拼来的成果呢？虽说在日本，女性结婚生子后成为专职主妇的也不在少数，可，她可是山村小姐啊！

"她可能也不是彻底不工作了，只是想换一份相对轻松、时间稳定的工作，好花更多精力在家庭上。"上司说。

"好突然啊……我以为她一直单身呢。"我说。

"其实，你一年级的时候，人家就已经在谈婚论嫁的阶段了。刚好去年你休假时，她辞职结的婚。"

原来，早在当年，看似充满野心，与工作相依为命的山村小姐，就已有回归家庭的打算了。可不知情的旁人，比如蠢钝的我，竟一丝一毫都没察觉到过。

4

山村小姐的离去，让我想起另一位也是因结婚而辞职的前辈——智子小姐。

在我最初入职时，她负责一对一带我，可以说是我的"职场妈妈"。她的离开是在我休假之前，所以在刚得知她要走时，我还很受打击来着。

智子在职的最后三个月，几乎每天加班到凌晨两三点，从不曾甩锅偷懒。看着她比任何时候都勤奋负责的样子，你会怀疑，这哪里是马上要离开的人啊？心思一点都没散！

智子外表平庸，身材矮小，也不算高才生。大学毕业后，她想做一份能带给人们鼓励和快乐的工作，就在一家音乐公司一做就是六年，许多日韩人气歌手都与她共事过。后来她跳槽到我们公司，忙归忙累归累，但薪水待遇都翻倍了，她觉得很满足，也一直很卖力。

智子的未婚夫跟她同龄，30岁，就职于知名电视台。与咱们国内不同，在日本，电视台是最为高薪高能的职业之一，是名校毕业生们挤破脑袋往里钻的优秀职场。有这样的未婚夫，大家都觉得智子嫁得很好。

她离职后，我们还约出来喝过茶。那时我问她，今后怎么打算？她说，先好好筹备婚礼，婚后找份稳定些的工作，总不能两个人都忙到不着家吧。

我开玩笑说，做全职主妇享清福多好啊！

她说，不，还是要工作。

"人终究是独立存在的。和相爱的人共同生活，也不能把自己的人生都建立在他人的前提下。家庭有意义，工作也有意义，最起码万一将来有一天丈夫发生不幸，我自己也有能力好好活下去。"

倡导女人要独立自强，有千万个美好的理由。

智子平平淡淡地说出了其中最为根本的一个。

她给我的影响，远不止在工作上而已。

5

有人是因为结婚而辞职，有人则不是。

远藤小姐从前给我的感觉是女侠，不，真汉子。

在清一色飘逸优雅的日本职场，她总像随时都能去做个热瑜伽或打两杆高尔夫球一样。爆炸头配上小麦肤色，给人健康全能的感觉，33 岁未婚无男友，在东京郊外买了大房子，每天上班要坐一个多小时的电车。别看她外表随性，却是个严谨有序的人，在团队里既是豪爽大姐头，又充当细心管家婆。

我跟远藤小姐只有一个重叠客户，共事的机会并不多，但我第一次参加客户媒体三方会议时，就是她负责带我。那场会议中，她对客户产业的深入了解、对媒体的从容应对、专业成熟的举止表达，通通令我肝儿颤，当场怀疑自己能否胜任这份工作如她一般。

没有抱怨，没有松懈，永远风风火火冲锋陷阵，这就是我对她的印象。

咨询行业的离职转职率本来就高，谁走谁留都不奇怪，可远藤小姐依旧刷新着我们狭隘的认知。她的离开，不是为了升职加薪，也不是为了结婚生子，而是奔向艺术系 NGO 做义工。

义工？

对，义工。

我能想象，现在在世界的另一个角落里，戴着大圆圈耳环，爆炸头上系着小碎花发带的她，那自由而酣畅的笑容。

可大都市的羁绊这么深，诱惑这么多，30多岁的商战女侠客能够放下所有，孑然一身，不在意别人的眼光和来自现实的压力，去追求心灵理想，真不是件寻常的、容易的事情啊。

"嗯，总之，她选择了那条路。"同事平静地说。

6

除了几位日籍前辈，还有几位华人同事也在我回归前就辞职了，来自台北的Jessica就是其中之一。

我清楚记得，再约出来叙旧时，她疑惑地问我，为什么选择回来？她说，这份工作让她压力大到快崩溃，后期常常一整天一整天不讲话，看到谁都觉得好讨厌，辞职简直是解脱。

我其实非常理解她的形容，那不也是当年的我吗？但她未必会理解我此刻的感受。

回归后很长一段时间，我是公司里唯一的华人咨询师，可即便面对着比新人时期更大的压力，竟也能游刃有余。这让我明白了，许多事情的难度系数，很可能是由面对它的人的能力和态度所决定的。不一定是这份工作太可怕，也可能只是当年的自己太弱太弱了，弱到无暇去观察别人的强大。

一年又一年，当我也成了别人的前辈；当比我更小的毕业生们走出校园，来到残酷而丰富的职场；当他们时而迷茫时而单纯地问我："前辈，你为什么不会感到有压力呢？你是怎么保持好心态的呢？"——我哪里好意思说，当我还是新人的时候，做得比现在的他们可差多了。

但也正是每一个这样的时刻，我心里都被一种新的力量充满着，来自后辈们稚嫩的神情，也来自前辈们潇洒的背影。

如此想来，生命中是不存在多余的波折和浪费的吧——它们都是磨炼、是启发，虽然以不同的形式到来，但最终目的，其实都是让你能够更清楚地认识世界，认识自己。

直到今天，我实现了自由工作，也开创了自己的小事业，却还常常喜欢回顾刚入社会那几年的经历。它们提醒着我：这世上总有太多人值得我们学习，他们看起来的样子，不一定是真正的样子，那些表面故事的背后，才是强大与善意的体现。

就像山村小姐、智子小姐、远藤小姐，以及千千万万至今仍在我们身边的平凡榜样，他们的性格、学历、人生经验都不同，却都有着相似的"表里不一"。

他们也许早有远走高飞的梦想，或归隐山林的打算，也许在许多个周末因为无法跟恋人相聚而发愁，在好几个加班夜之后身心疲惫地哭泣……但除非他们自己说出来，否则你不会在工作中察觉到。而当他们选择离开时，亦会坚持到退职打卡的那一刻，不差毫厘地站好最后一班岗。

这些人，用自己的方式，对工作、对他人、对社会，抱有正确而体面的态度。那么即便有一天退下来，洗手做羹汤带孩子晾衣服，没有人知道你曾经多么独立坚强，亦没人记得你当年叱咤风云的模样，但，你在每一份工作中的付出，都对得起拿到的薪水，受过的教育，身为社会人的骄傲。

我想，这就是所谓专业吧。

而不是当你要辞职的消息传开时，多数人的反应是——哦，不奇怪啊，他看起来就做不久嘛。

多年后，我问当初三番五次被当众骂成狗的那女孩，恨不恨山村小姐？

她一字一句，肯定又真挚地说："不恨。如果不是当年前辈的教育，哪有今天还存活在职场里的我呢。"

差等生贵贵的人生哲学

这本书写到一半时，编辑问我，你身边怎么都是女神？个个都聪明独立。你就没有个胸无大志、平凡接地气的朋友吗？我仔细想了想，也对，优秀女孩的故事看太多，也会审美疲劳吧？那，你们一定要来认识下贵贵。

贵贵从小就是学渣一枚，而且渣得坦坦荡荡，渣得问心无愧。

从进了树德中学起，她在我们班就没有脱离过后五名，而且剩下四名还都是走后门进来的，而贵贵却货真价实是凭初考成绩考来的。

我便时常好奇，就她这么烂的成绩，当初是怎么考进树德的？她说，她们小学每年有 0.5 个进树德的名额，由于其他人更渣，初考成绩更烂，所以矬子里拔大个儿，她就进来了。

"等等，0.5 个名额是什么鬼？"我哭笑不得。

"就是每两年有一个名额啊。"她一副"这有什么好大惊小怪"的表情，"跟你念的那种每年都有二十几个名额的名校当然没的比啦。"

这就是毒舌贵贵了，说啥都不忘揶揄两句。

原本呢，在要么以身高，要么以成绩来划分朋友圈的中学时代，贵贵这样的巨人学渣，和我这种霍比特学霸，是八竿子打不着的。尤其在树德这样成绩至上的小社会，分党结派更为明显。我们俩能结缘，纯粹归功于初二那年班主任推行的一项奇葩政策——1 对 1 手拉手"扶贫"——成绩前十名的同学"认领"后十名，两人成绩捆绑，如果被辅导的同学在月考里进步幅度大，辅导的一方就能被加分，反之则减分。

我，摊上了视分数如浮云的贵贵，本来都做好了看破红尘的准备，没想到奇迹居然发生了，她各科成绩都有进步，每到月考总结时，我们俩都被老师点名表扬。因为有了她的加分，我竟承包了半个学期的总分第一。这项"扶贫政策"便是我们成为好友的契机。

可惜不到一年后，贵贵就离开了树德，转学到普通中学去备战中考了。我们从此走上了完全不同的求学轨迹，一晃也已经十多年。

人们都说，儿时的朋友会渐行渐远，是因为成长中的人生选择，和越发不同的环境与经历，会自然而然地将失去交集的人分开。人们终将与跟自己不再有共同语言的人无声道别，与新进入彼此生活中的人共走接下来的路。这一点，我非常认同。

但我与贵贵，似乎是个例外。这些年来，多少我以为会长久交往下去的朋友，都在时光中走散了，而贵贵，这个从一开始就看起来"很没有交集"的人，却还留在我的生命里。即便有时一两年也见不上一面，可每次久别重逢，她带给我的惊喜和启发，都难以言明。

索性，我就把这些年与她相见聊天中最令我印象深刻的三次，来排个名吧。

TOP 3：

在东京留学的四年里，我常常因为假期实习而不能回家，但毕业前的最后一个假期，我足足在老家待了两周多。那时，贵贵也从悉尼回国放假，不过跟我刚好相反，由于她是在老家念完了大二才出国的，所以那个假期，是她在澳洲升上大学之后的第一个假期。

说来有意思，贵贵的家境在我们老家，说不上大富大贵，但至少也是吃喝不愁，她爸妈没有在学习上对她寄予多大的厚望，从小到大她都是自由生长，以后靠父母的关系谋个轻差，日子也能过得相当滋润。可就是这么个吊儿郎当惯了的人，却在两年前突然决定留学。当时我就很不解，毕竟留学这种事，有的人适合，有的人不适合，像贵贵这种既不爱学习，又没体验过生活艰辛的人，出国无异于自讨苦吃，况且大学都已经念完一半了，这时候跑出去重新开始，是图个什么呢？

趁着那次假期见面，我便忍不住追问原因。

"唉，别提了！当初决定出国的时候，我烦的啊，头发都快薅没了。学英语对我来说就跟吃大便无异啊！"贵贵苦着脸。

"那你还去，谁逼你了不成？"我笑。

"良心，我的良心逼我的。"贵贵可怜巴巴地看着我，又完全不是开玩笑的样子，"在老家的二本混了两年，20岁生日的时候我忽然觉得，自己已经老大不小了，却还没有认真地想一想未来，天天就是跟身边几个朋友去逛街撸串……我也知道只要有父母在，只要不离开家，就这么活下去也没什么可担心的，可是……可是你说这还叫人生吗？这不是……米虫吗？

"然后我越想越觉得，这是个不能忽视，也不应该逃避的问题。再这么废下去，总有一天，我连质疑自己、想试图努力改变一下的念头都会消失的，这多可怕啊！人活一辈子，总得认认真真地学点什么，就算是大便，也得硬着头皮去吃！"

她说完，低下头对着自己翻了个深深的白眼。

虽然她这番话说得戏谑，可我听得却很振奋。必须说，那一刻，我对贵贵刮目相看。倒不是因为出国留学是多不得了的事，而是，对任何人来说，在任何选择面前，明明可以舒舒服服的，却自发地离开"舒适区"，走一条难走的路去折腾自己，这样的心态，总归是极为宝贵的，跟是学霸还是学渣无关，跟有钱没钱也无关。

"你还记得……我们是怎么要好起来的吗？"我心怀感慨，念叨起久远的话题。

"不就是因为你'扶贫'我吗？"贵贵记得清楚。

"是啊，不过到现在我都很纳闷，当初你成绩那么烂，我扶贫你都没有抱任何希望的，那时候咱俩明明也没多用功，怎么你成绩就噌噌往上涨呢？"

贵贵拿叉子戳着盘中的榴梿酥，挑挑眉毛，轻描淡写地说："还不都是为了让你开心嘛。"

"扶贫政策以前，你们学习好的女生玩在一起，我们扫尾的总被老师骂的玩在一起。我一直觉得吧，你肯定就像你们那一拨的女生一样特清高、特矫情。可是这一扶贫，一相处，我发现你其实是个又懒又邋遢的二傻子！

"那时候一放学你就跑来给我讲题，我听不懂，你就换个方法讲，耐心得我都不好意思了。我不爱学了，你就陪我听歌、聊动漫、看耽美，我们居然成了好朋友。

"你知道为什么其他扶贫组都效果很差吗？因为优等生都不想自己被拖后腿，所以把扶贫时间都用来给差等生押题、解题，他们也不是真的关心差等生有没有学会、有没有进步，只要考试多考些分数就好了。对他们来说，除了一起学习以外，没有任何理由跟差等生待在一起。可是差等生又不傻，我们成绩差成这样，当然是不想学啊！能进树德的差等生，想学的话早就请私教了，还轮得到同班同学来教？那你说，我都没为自己学、没为父母学，凭什么要为了你这么个只想利用我加分，生怕被我拖后腿的人而付出比以前更大的努力？"

贵贵把我说愣了，坦白讲，我还从来没去细想过，一个"扶贫政策"背后还有着这样的逻辑哲学。

"司康，你不一样。你那时是真的在跟我'共度时间'，你也从不在乎会被我拖累，我甚至能感觉到，你还因为跟我这样的学渣交朋友而有点兴奋。谁知道呢，也许老跟优等生待在一起也很无聊吧。

"你跟我在一起的时间，从来不只是学习，有时候我们聊天聊high了，还得我来提醒你该做题了……跟你在一起，学习这坨大便变得不那么臭了。而当我在月考里考好一丁点时，你是那么自豪，那么开心。这让我觉得，'学习'对我来说还是有点意义的，至少能让我的朋友开心，帮她得第一，那也是蛮好的。"

我被贵贵这番故作淡定的表白感动得不轻。

虽然很想反驳她说我是"二傻子"那句，但想想，当年的相处中她感受到了如此多我从未察觉的意义，我却丝毫没想过她自发的进步竟然是为了让我开心，这样看，人家说我是二傻子，好像也无从反驳。

但我又禁不住好奇："所以，你既然能为了我而学习，那为啥之前就不能为了你自己努努力？"

贵贵看着我，片刻不言语，然后低下头笑了。

"努力？你指哪种努力？"她逻辑清晰，底气十足，"树德中学是极端的精英主义，除了一小拨尖子生，其他大部分人都是牺牲品。虽然念小学的时候，树德的光环驱使所有人都以考进它为荣，但到头来也是盲目的一场空。就像结婚，大家都觉得女人到了年龄必须结婚，结婚对象必须有车有房，却没有好好想想，什么才是最适合自己的生活。

"坦白说，就我这种胸无大志、完全没有好胜心的人，侥幸考进树德就是个错误。我们小学连'How are you? Fine, thank you, and you?'都没教过，进了树德刚上初一，你们直接就开始学初三的英文教材了，你说这要怎么追？树德里教的东西，根本不适用于普通中学，对我这种肯定升不上树德高中、势必要面对中考的人而言，把时间花在死磕这些超纲知识上，一点卵用都没有啊。所以我选择不逼自己学没用的东西。"

她清了清嗓子，继续说。

"至于那些看起来比我努力的人，就一定努力对了吗？

"大冬天清早六点，天还没亮，教室里就坐满了大半，都是趁着老师没来，抄作业对答案的，甚至还有去偷改前一天试卷的！周考月考的时候，大家也是各种作弊，坐在后排的我看得一清二楚。那些人中有差等生，也有优等生，甚至众人眼中的好干部，大家都一样。可我真的不懂，这种自欺欺人的'努力'到底有什么意义？

"我啊，宁愿坦荡荡地做我的倒数第一，何必作弊成倒数第二。"

贵贵的话把我噎得无言以对，甚至忍不住脸红。

这样想来，她在升上初三前夕，毅然放弃树德的光环，转学到普通中学去备战中考，根本不是旁人眼中的"自我放弃"，而恰恰是在做对她而言"有用"的事。在那个对的地方，她把珍藏了两年多而无处施展的"努力"，拿出来好好用了一回。

我不得不承认，贵贵吐槽得没错，我们大多数人都在年少时，随大流地做过许多荒唐的无用功，对于人生浪费而无益。月考作弊换来的分数，并没帮我们考进更好的大学；抄袭和小聪明挣来的面子，也没把我们送上更高的台阶。然而当年，为了不被老师批评也好，为了给父母一个交代也罢，我们出于种种理由，盲目而机械地深陷在浮华假象中，无暇也不愿去思考这一切的意义何在。

"差等生"贵贵，却早早就看得通透。

TOP 2：

贵贵选择半路留学，就做好了消耗青春、吃苦受累的准备。

除了要跟巴掌大的澳洲大蜘蛛、冷不丁就出现在浴室的大蜈蚣、动不动满公路瞎跑的大袋鼠斗智斗勇以外，她还要照顾自己的饮食起居，并且花了一整年，使出吃奶的劲才过了语言关，然后，在同龄人都快毕业了的年龄，升上大一，从头开始。

更吓人的是，她念的专业竟然是药剂学。

"药剂学，这仨字就算在中文里你能整明白意思吗？"我嘲讽技能全开。

"放心，我查了《辞海》才报的专业。"她的自黑功力也不减当年。

在大学里一边薅头发一边苦学的时候，贵贵遇见了大熊。

大熊来自新加坡，比贵贵大两岁，性格搞笑又干脆。俩人有相同的属性——动漫宅，死宅死宅的。跟他在一起，贵贵轻松没压力，遇到什么事互黑一顿就好了。唯一让她耿耿于怀的，是大熊的颜值。

"丑！特别丑！"贵贵总是痛心疾首地对我说，"每次放假分开，开学再见到时我都要吓一跳！我男朋友怎么长这么丑！所以总得适应两个星期才愿意理他……"

"再丑你不也喜欢吗？"

"唉，没办法，命啊这就是！"贵贵明显深爱着男友，偏偏还不忘毒舌一句，"但他的丑，将是我一辈子的痛。"

在我和贵贵天南海北、无法相聚的那两年，听她黑大熊成了我们联络时的重点节目。

但不知从什么时候起，"贵贵找了个富二代"的传闻若有似无地传播开来。除了初中微信群里时而出现语焉不详的调侃外，几个爱八卦的老同学还发过阴阳怪气的朋友圈。我一头雾水，也搞不懂这些看似意有所指，又实在暧昧不明的说法，到底是怎么来的。

直到有一天，贵贵给我发来一条微信："我该不该跟大熊分手。"

我眼珠子差点瞪出来，立刻一个电话打过去。

"他家里……太有钱了。"贵贵吞吞吐吐。

"有钱还不好？"我说。

"不好，我不想嫁有钱人。"她说，"我不想挤进不属于自己的世界，看人脸色，还得被扣上虚荣拜金的污名，真犯不着。"

"大姐，你家也不差钱啊，别把自己说得跟灰姑娘似的，让我们这种真穷的情何以堪？"我赶紧追问，"大熊家里到底干吗的，至于说成这样？"

"新加坡一家上市公司、大陆四家分公司，员工加起来五六千人，都是他家的。现在他爸掌管整个集团，他是唯一的继承人。"

"哇！霸道总裁啊！"我很不厚道地哈哈大笑，"可是你俩都交往两年了，这么重要的事，你怎么会才知道？"

"我交朋友，从来不会在意别人的家境。我和大熊从认识到恋爱，都没提过各自家里的情况。上学期一起打游戏时，他突然说，喂，都在一起这么久了，我还不知道你家是干什么的呢？我一听，哎哟喂大哥，我都还没先问你呢好吧！于是我们就彼此说了下，然后我就傻眼了……那之后，跟他在一起，哪怕只是做和以前一样的很平常的事，我都忍不住心里觉得别扭，好像自己攀附上什么似的。

"上个寒假，他非要来老家找我玩，结果逛街时你猜撞见了谁？就是初中咱们班里最八卦的那个小 A。她看见我激动得不得了，非要拉我一起吃饭，还叫来了其他几个老同学。他们都已经毕业工作了，吃饭的时候就问起大熊，毕业后怎么打算，会在哪里工作。我当时心里就觉得不妙，可是也来不及拦。大熊呢，是个心思极单纯的人，也没什么好躲闪的，就说会去家里的公司上班。这下可好了，公司叫什么，股价多少，员工薪资情况，全被问了个底朝天……"

"他们问，你们可以不答啊！"

"不方便答的就没答，可是答与不答有什么区别呢？反正我是彻底被烙上了'傍豪门'的标签。"贵贵愤恨地骂了句脏话。

"所以，就因为这样，你就想跟大熊分手？"我哭笑不得，"要真这样，我看不起你。"

她在电话那头沉默了好一会儿，似乎在纠结，怎么说才能让我明白她的苦衷。

"司康，你知道，我不会被别人的想法左右，八卦再闹心，我就当是苍蝇围着我叫了，真正让我介意的，并不是不相干的人怎么说。

"我出身小康之家，虽说没见过啥大世面，但从小也不缺什么，从不会向人伸手占便宜，连跟男朋友约会都是一人请一次。我一直就希望嫁得门当户对，跟喜欢的人简简单单过日子。我怎么也没想到，这个其貌不扬、大大咧咧的傻小子，背后会有个家族企业等着继承。我真的觉得老天在玩我，那么多人想嫁豪门，为啥就被我摊上了？

"寒假来过我老家之后，大熊就一直在提让我暑假跟他回新加坡看看，他每次一提，我都心口一紧。在澳洲，天高地远，我们就是俩快乐、恩爱的学生，可以得过且过，不必想太多。可是如果去新加坡，去到他家里，我就不得不面对他出身豪门的现实，如果到时候真的看到遇到些讨厌的、奇葩的、我接受不了的事，那我就只能跟他分手了。"

贵贵这番话，不了解的人八成觉得是得了便宜还卖乖，但作为老朋友，我能理解她的难处。她本就是个务实、心大、从不做白日梦的人，她一直就只想过"还不错"的人生，拥有一份小确幸。而所谓的"欲戴皇冠，必承其重"，这份重，她避之不及，那皇冠，她也是真不稀罕。

可是她爱上了一个戴着皇冠出生的人。

"你说，这事要发生在你身上，你怎么做？"贵贵问。

"咱俩不一样，要换了我，我肯定选豪门。"我笑。

"拉倒吧，你这只颜狗，我家大熊这长相，你宁死都看不上。"

"贵贵，其实你根本不必问我。"我说，"你看你给我发的那句话，你问'我该不该跟大熊分手'，可你结尾打的都不是问号。你明明不需要任何人给你答案。"

这场危机的结局是，贵贵耐不住大熊的软磨硬泡，抱着"大不了就分"的觉悟去了趟新加坡。然后她惊呆地发现，大熊这一家子真的很奇葩，只是跟她预想的奇葩，完全不是一回事。

她总算明白，大熊为什么是这样一个大刺刺的死宅男了。大熊爸爸，是个直来直去不拘小节的朴素老头，连自家客厅里水晶吊灯的开关在哪儿都不知道；大熊妈妈，全部精力都放在盯住自己老公上，从来不管孩子们的事，平常最大的爱好就是骑个小摩托去菜市场打麻将，还有在路边服装店跟老板娘们侃大山；大熊上面还有两个姐姐，下面有一个妹妹，都是狂热的追星族，满世界跑演唱会、给偶像接送机已经占据了他们大部分时间。也正因此，大熊才是家族企业唯一的继承人……如此豪门，真叫人大开眼界。

在新加坡待了一个月，贵贵就回老家过春节了。大熊要跟来，贵贵嫌他太黏人，让他在新加坡老实待着，自己回来了。同样回国过春节的我，终于跟久违的她见到了面。

抱歉，TOP2 从这里才开始，前面的都是剧情铺垫（笑）。

"这回放心了？"我开门见山。

"放死心了。"她说。

"不过就算大熊家是这样的奇葩，你'傍大款嫁豪门'的帽子也是摘不掉了。"我故意调侃她。

"那是，从我们被小 A 撞上那一刻起，我就没想过这顶帽子能摘下来。"贵贵又翻了个经典的白眼。

"幸好你从来都不在乎闲言碎语。"

"司康，这世上有谁真的不在乎闲言碎语吗？"贵贵反问道。

这我还真不好说。

各种鸡汤（甚至包括我自己写的）都教育我们，不要为别人而活，不要在乎别人的眼光，只聆听自己内心的声音，可是这真的很难啊！但我也常常想，也许是自己功力浅，太世俗，所以做不到，说不定就是有够成熟够智慧够超脱的人，能达到永不被人言骚扰的境界呢？

"我们活在一个充满人的世界上，就一定会受到人的影响，哪怕只是心情上。这也是为什么，那些肆意诋毁、编造、夸大误传的人是可恶的。所有的有心之过和无心之失，都令人讨厌。你本可以管好自己就好，却非要多说几句话，多搞几件事，否则就不爽似的。"贵贵有如发泄般一股脑地吐出这些话来，然后轻轻叹口气，语气转低，"但有什么办法呢，这样的人永远都在，所以世上琐碎嘈杂的声音不会减少，我们总得稳住自己，好好去分辨，什么是最重要的，什么则没那么重要。"

"那，对你来说，什么是最重要的呢？"我问。

"在我和大熊的感情里，最重要的是，我们是否纯粹地相爱。"她说，"以前我担心家境悬殊，担心豪门规矩多日子不好过，而这些在我真正了解那扇门背后住着的人以后，都消解了。别人以为那是什么样的，不重要，我亲眼看到的，才重要。

"至于现在，如果非要说担心什么，我想我担心的是将来，大熊在接管企业的路上摸爬滚打，会不会被这份事业和这个社会改变。我爱上的是一个纯真、幽默、正直的男孩，我唯一怕的就是他有一天会失去这份可爱和憨直，变得让我不再喜欢他。因为如果我不再喜欢他，我就只能离开他。"

这一刻，贵贵脸上掠过伤感的神情，她是认真地在伤感。

但很快，她又甩甩头，停顿了片刻，看着我说："不过未来的事，谁知道呢？至少在这一刻，我喜欢这个人，我们纯粹地相爱，那这就是最重要的事了。"

那次久违的见面后，没过多久，贵贵和大熊就订婚了。

我越发觉得，贵贵是真正的大智若愚。

虽然从小就被扣上了"差等生"的帽子，使得她特有的灵敏与宽厚，眼界与通透，都被这处处用尺丈量、用分数评判的社会所隐蔽，但这么多年过去，她的诚实和简单，竟丝毫未改变。当年我认识她时她什么样，如今还一模一样。

她总为他人着想，却从不献媚邀功。她家境富裕，品位不俗，但从不像朋友圈里那些张牙舞爪的井底之蛙，买支口红都要拍满九宫格炫耀个没完。她的日常全是 666 哈哈哈，我 × 完蛋 23333；她吃着麻辣烫，撸着羊肉串，自拍都是翻白眼；她从没刻意去追求物质高度，可无数女人向往的面包与爱情，都被她收入囊中。

于是，同学圈里少不了说她"傻人有傻福""心机深手段高"的各色流言。女生们不愿意承认，当初那个成绩扫尾，处处不如她们的差等生，如今这般叫人眼红。

光是想象她们议论纷纷的表情，我都觉得滑稽。女人最丑的样子，就是眉飞色舞、故作神秘地讲他人私事的样子。

好在，贵贵懒得理。

TOP 1：

如果说，差等生比起优等生有什么优势可言，那也许就是，差等生从小被轻视、责骂惯了，练就了过硬的心理素质，也早已习惯了事与愿违。比起一帆风顺没受过挫败的好学生，差等生的抗挫力要强得多吧。

然而即便如此，贵贵还是遇到过一些，她觉得远远超过她承受范围的挫折。

2014 年夏天，贵贵的爸爸病危。

得知消息时，她还有两个礼拜就大学毕业了。连毕业典礼都没出席，她失魂落魄地赶回老家。卧室床上的爸爸已经枯瘦不堪，跟半年前最后见到时判若两人。

这两年爸爸身体不好，只说是长年积攒的劳累和应酬把肝熬坏了，要好好调养，哪知道是家人怕影响她学业都瞒着她，如今，已经到了没必要住院的地步。

这晴天霹雳的现实，让贵贵一时不知如何接受。她哭喊着问妈妈，为什么至亲生死的大事，要对她隐瞒？以为在演琼瑶剧吗？她本可以有更多时间陪伴爸爸，能让他多享受些天伦之乐，也能为自己争取更多的回忆！为什么要等到没有时间了，才说？！

妈妈默默流泪，无言以对。过了好久，才缓缓开口："去澳洲留学，是你长这么大以来第一次主动对我们说，你要好好学习。

"这么多年，你一直痛恨读书，我们也不希望你活得不快乐，所以从不强求。可是突然有一天，你告诉我们你想出国留学，想重新选专业，为自己好好学点东西……你知道那对爸妈来说，是多大的惊喜吗？

"我们也想过，可能你就是一时冲动，说不定出去个半年，嫌苦了，就跑回来了。可是谁料到，你真的一头就扎进去，越学越争气。你知道，在第一次看到你发来考 A 的成绩单时，我们老两口在家抱头痛哭了多久吗？

"你念大二时，你爸就查出来病了，可是我们决定不告诉你。你就当是父母自私一回吧，因为对你爸爸来说，有生之年看到你完成学业，就是他最大的盼望。我不狡辩，这事对你不公平，对不起，你怪妈妈吧。"

贵贵默默站起来走出家门，漫无目的地移动着步伐，周围的一切好像都不存在了。

小时候看日剧《一公升的眼泪》，心里吐槽，再怎么哭能哭到一公升吗？而现在，她觉得这个飘荡在家四周的傍晚，时间仿佛静止了，而她好像哭了两吨泪那么多，回过神来时，眼睛都睁不开了。

她不是不能理解爸妈，可谁又明白她此刻的遗憾与煎熬。

在澳洲求学的那几年，她孤注一掷，人生中第一次考A，熬通宵是家常便饭，掉头发严重到以为自己得了癌症。

她早早开始实习，一切努力都只有一个目标——毕业后找份学以致用的工作，挣多挣少不要紧，能靠自己的本事吃饭就好了。这是从小到大都被当作"差等生""靠家里""没出息小混混儿"的她，最踏实也最骄傲的人生价值。

得知爸爸的病情时，她正和同学们一起欢天喜地地准备毕业典礼。她在国内只念到大二，没参加过毕业典礼，这将是她人生第一次，很可能也是唯一一次，穿上学士服，帅气地甩动学士帽，拍一张傲娇上天的毕业照。而毕业后的半年，也早被她塞满了实习和面试。

这一切都随着那通越洋电话，被她通通取消。

贵贵擦干泪水，此时把时间花在独自哭泣上，实在太奢侈了。她回到家，拥抱了妈妈。

接下来的日子，母女俩都收起悲伤，该吃饭吃饭，该逛街逛街，维持正常的生活。贵贵每天早晚去爸爸的房间，给他念小说，陪他说话，尽管嗜睡的他常常是不清醒的。

她大部分时候乐观又坚强，但也有突然坚持不下去的时候，在某个深夜，打电话给我说："以前，我一直觉得我是个幸福的人，因为我很容易知足。可是自从爸爸生病了，我觉得什么都不好了。我不是一个能让父母骄傲的女儿，我还没来得及用自己挣来的工资给他买……哪怕一个打火机……"

"司康，你说……"她声音颤抖着，"是不是因为我一直太没用，太不争气，他这些年来赚钱养家太累了，才生了病……"

我不记得我是如何安慰她的。因为一切安慰，在她的悲伤面前，都苍白无力。

贵贵守着重病的爸爸半年多。其间，毕业后已经回到新加坡工作的大熊，也仗着自家公司好通融，每个月都飞来探望。在他的一再坚持下，他们提早了婚期，先在贵贵老家扯了证。贵贵爸爸不但在有生之年看到女儿毕业，还看到了女儿出嫁。

领证两个月后，爸爸与世长辞。

"你不用安慰我，我真的没事，所有心理准备早就做好了。"

她嘴上这样讲，身体却很诚实地大病一场，肠胃炎、胰腺炎一起袭来，三天两头进急诊挂点滴，不到一个月瘦了有十多斤，本来就细长的四肢，已经掐不出一点肉了。

而这并不是那一年里贵贵遭受的唯一的打击。

2015 年初春，正等待新加坡方面的结婚手续时，大熊照例飞来陪贵贵，还就那么巧，一次不小心，贵贵竟然怀孕了。

大熊狂喜不已，他一直是个女儿控，很喜欢小孩。可贵贵是丁克思维，就算结婚后真拗不过大熊，也要先积累几年工作经验，30 岁时再生。本来，刚从丧亲之痛中恢复过来的她，打算定居新加坡后就赶紧找工作的，然而眼前的现实却是，如果不打掉孩子，她很可能在接下来的三四年都无法全职工作，那么当她终于可以走向社会时，她就是一个没有半点职场经历的 30 岁孩子妈。

老天一定是玩我玩上瘾了——贵贵几乎崩溃。

我知道，某些老同学若听了这些，或许会觉得，嫁豪门怀孕生子一条龙，半天都不必出去吃苦赚钱，什么好事都让她摊上了，还有什么可无病呻吟的！——可我真得说一句，子非鱼，怎知你渴望的东西，便一定也是别人的梦想？

大熊对贵贵表态，一切依贵贵的意愿，不管她做出怎样的决定，作为丈夫都支持。

经历了十几个辗转反侧的夜晚，贵贵最终决定，留下这个孩子。

三个月后，进入稳定孕期的贵贵来东京找我。

我是再三阻挠来着，可她不听，非要趁着肚子大起来行动不便之前，来与我见一面。

　　而那天，我因为加班开会，让她在餐厅里等了两个多小时。

　　"你看你，多好，我也好想上班，靠自己的双手充实地过日子啊！"待我风尘仆仆地赶来，她第一句话便自黑，"我现在就是无业游民一个，想来日本看朋友，办签证时连张在职证明都拿不出。司康，你还是个前途大好的美少女，而我，就只是个孕妇而已了。"

　　要好了这么多年，我早已擅长分辨这家伙的言语神情。当下这番话，分明是她看我奔波辛苦，故意自嘲来让我听着舒服的。

　　"少奶奶，还不是你甘愿当妈妈的？可没人逼你呢！"我附和着她打趣。

　　"唉，我认命了。"她解嘲地笑笑，"前阵子我在网上看到一个女孩发帖，说自己吃着避孕药，而且每次都带套套，居然还是怀孕了，不知道怎么办好。底下网友给她的建议是：这孩子这么顽强，就留下他吧！哈哈……你说是不是很有道理！"

　　她津津乐道，转而又涌上感慨，声音放得慢了些："我表姐人工受孕两年了，什么苦都吃尽了，还没有成功，可她依然不放弃。我这孩子，在我身心状态最差的时候，披荆斩棘地非要来找我，就算我连点营养都给不到她，她还在一天天长大。你说，我怎么能不好好留住她呢？"

　　"只要自己不后悔，其他都不重要。"我说。

"我后悔啊。"贵贵说,"后悔当初大意,没做好安全措施。可是这种后悔无关紧要,就像后悔某次考试没考好、某次减肥没坚持住一样。这些事情,在生命面前都不值一提。"

贵贵语气平静,眼里没有半点玩笑。

"学习、工作、成就……如果你曾经认为有什么事情天大地重要,那估计是没有拿来跟生命比。司康,如果说过去这一年让我明白了什么,那就是,在还来得及的时候,一定要珍惜,因为当生命逝去,一切都无法挽回。我,可以因为没读书而后悔,可以因为没工作而后悔,这些后悔我都承担得起,但我绝对承受不了,因为失去一个生命而后悔。"

我看着她,这个小时候连公式都背不明白,昨天讲的题今天就能忘光的人,此刻娓娓道出着关于生命的感悟,沉静有力,震慑人心。

我知道,我不需要担心什么。

一个13岁就活得明明白白的女孩,26岁时也不会太糊涂。

这便是,我和贵贵这些年来不多不常的见面中,最让我难忘的三次了。而这三次见面的前因后果、起承转合,似乎也概括了她这十年的人生。

她来东京找我那次,晚饭过后我送她回了酒店,然后自己沿着街道，边吹着夜风，边往地铁站走。

那时我忍不住计算，我与贵贵相识的时间，已经占据了我们迄今人生的一半呢。一切仿佛一场梦，梦里有甜有苦，有笑有泪，有令人嫉妒的际遇，也有无人能感同身受的悲痛。好在，我们都在各自的梦中，一次次脱险重生，就算不够聪明、不够耀眼、没什么过人的才华，也始终在努力朝一个幸福的方向走。

差等生贵贵的人生哲学，就是永远不忘记去用心分辨，在这嘈杂琐碎的花花世界里，什么是最重要的，什么则没那么重要。光是这样，已经可以过好这人生。

想到这里，手机突然振动两下，是刚刚回到酒店的贵贵发来了微信："不知我们下次见面，会是什么时候，在哪里……"

"你生宝宝的时候，我去新加坡看你。"我秒回。

"你说，将来我闺女会不会质问我，为啥选了这个人给她当爸爸，把她生得这么丑？"

"一定会的。"我笑着说，"你打算怎么回答？"

"嗯……我只能说，没事宝贝，至少你爷爷有的是钱。"她已百无禁忌。

"很好，她会知足的！"我说，"那反过来，你对你未出生的闺女，有什么期待和要求吗？"

初夏宁静的东京街头，夜风清凉温柔，百转千回，总在心头。

"我只要她健康快乐就好。"

贵贵说。

BEAUTY

白兔传

AND THE CITY

1

《圣经》教我们，要爱人如己，不只爱邻居爱朋友，还要爱仇敌。这个要做到，实在太难了！

但《圣经》还教我们，要管理自己的口舌，别让语言化作匕首和毒药，而要多说能够鼓舞人、帮助人的话。这个，就相对容易得多呢！但凡是个有文化有礼貌的人，应该都不会纵容自己口无遮拦、伤害他人吧？

——如果你这么想，你可能不太了解这样一个物种：女生。

女生是复杂而神奇的。我们既感情充沛，爱心泛滥，善于理解和照顾他人，同时又多疑敏感，容易受伤和嫉妒，一不小心就把人生过成宫斗。所以我们喜欢看《金枝欲孽》《甄嬛传》，并不只在于情节夸张刺激、脱离现实，更深层的原因恰恰是，被搬上台面的那些心思与斗争，欲望与狰狞，其实很写实。

"女孩子的友谊，都可以从一起说别人坏话来建立"——以前当我听到这个说法，立刻反感地心想，这是哪个直男癌的歪理？但是几年后，随着年龄增长，能越来越客观地看待事情，再把这句话放出来细心对比，就只能自嘲地笑笑：它倒是也没有那么歪啦。

八卦确实是最能引起共鸣、活跃气氛的话题，你若不跟上、不加入，便融入不进这个无形的小圈圈。于是为了愉快地交朋友，我们往往毫无知觉地开始讲坏话、聊八卦，并渐渐享受其中。这还真不是念过书、懂礼貌就能免疫的。

宫斗剧再精彩，好歹有篇幅限制，可真实的人生里，女孩们的心思口舌渗透到每一天，如影随形，无休无止。更有意思的是，戏剧总归有主角配角、好人坏人，但在生活里，没有！每个人看自己都自带美颜滤镜，没人觉得自己嘴巴坏、心眼小，没有人认为自己是反派。

我不该翻出某个同学的微博，一边刷她的生活照，一边跟朋友们吐槽她搭配土气品位差？——不不，我们不是在嘲笑她，只是在谈论事实，随便聊天而已。

我不该在聚会上，提起不在场的人的八卦，然后大家一起七嘴八舌地讨论各种传闻和推测？——不不，那只是无意间提起，我们都是关心，没有恶意。

我不该哪儿有热闹往哪儿凑，热衷看人撕×吐槽，没事就和朋友一起抱怨某个白莲花绿茶×？——不不，我都是在倾听和附和，从来没主动诋毁，没伤害过任何人。

你看，我们女孩子，总能找到很好的理由自圆其说，不管别人信服与否，我们自己信就好。因为世上根本不会有从来不讲是非坏话、永远与世无争的小白兔啊！如果真有，那她要么是装模作样，要么……人生一定很无趣、很无聊！

嗯，你别说，我还真认识这样一只小白兔。

她的人生，确实没什么硝烟味，可是一点都不无聊。

2

初中，是荷尔蒙涌动的年纪。这个时期的少女，格外热爱搞"小团体"，并灵活运用"孤立"和"撕×"，即便在树德中学这样竞争激烈、压力大的环境里，也能在学习之余，把日子过得跌宕起伏。女生们不争男生，也总归有其他可争的东西。

班花安妮却很少加入这些是非中。笑容乖巧的她，总是一副置身事外的样子。

在树德这样残酷的学校，除了老师上课教的超纲知识，大部分同学还要去各种补习班来增添优势，十三四岁的孩子们，想睡个饱觉都是奢侈。可安妮却从来不补课，每天晚上九点准时睡觉，有时作业实在写不完，最多熬到十二点就会被妈妈赶上床。如果隔天被老师批评，也有家长替她担。这样的她，成绩却一直稳定在班级前十名，给人一种四两拨千斤的神秘感。

可是，你这么轻松的样子，让费钱费力的同学们情何以堪？

于是，后宫小团体们行动了起来，开始寻破绽、找黑点，最后得出的结论是——安妮是个心机婊，嘴上说不补课、不熬夜，其实只是藏得深，背地里比谁都用功。婊！太婊！

一时间，安妮周边的空气变得冰冷稀薄起来。女生们无声的构陷和疏远，是极具杀伤力的。领头的，是原本跟安妮玩得最好的几个人。

毕竟，树德中学充斥着阶级。"大款部"以家境和气质来划分，"精英部"以个性和风头来划分，而我们倒霉催的"遭罪部"则以并且只以成绩来划分。学习好的跟学习好的玩在一起，差的与差的玩在一起，是再自然不过的。而所谓学习好的女生，其实就特指某六七个人，也就是总成绩稳定在全班十五名以内的。所以可想而知，平日和安妮玩在一起的，正是此时要抵制和孤立她的。说来尴尬，我也在这个"集团"之中。

那段时间，我们不再约安妮一起吃午饭；放学不等她一起取自行车；一向被我们用来围坐在操场上一起做题、互相讲题的体活课，也把她排在小圈圈之外；课间手拉手上厕所这种事，当然也不会再"邀请"她。安妮便突然开始了一个人的生活，上课、下课、吃饭、走路，都形单影只，可她很淡定。

当我不甚理解地问："我们到底在气安妮什么？"

孤立行动的领头人，也是我们几个女生里最热衷于学习、最勤奋机灵的那个女孩，正义凛然地说："她不真诚。大家都是朋友，有什么说什么，何必藏着掖着？她连着两科的周考都是前三名，这次月考总排名第五，还非要骗我们说她不补课、不请家教、不熬夜，怎么可能呢？这么不诚实，太伤人了！一个藏得这么深的人，也太可怕了。"

嗯，是的，不光对朋友不真诚，而且工于心计、人品有问题，这样是不是很值得孤立？

"可是……安妮或许真的就像她说的那样呢？"我忍不住提出疑问，"我有几次十点多给她家打电话，她妈妈都说她已经睡了，难不成她全家一起撒谎？"

"这就是她的可怕之处啊！"领头女孩一副苦口婆心的样子，"再说，不光是学习，她还勾引小丽的男朋友！"

啊？我目瞪口呆。

小丽的男朋友……其实也不能算男朋友，毕竟我们"遭罪部"是树德中学里最保守苛刻的学部，明目张胆地早恋无异于找死。不过少女心谁都有，在十三四岁的豆蔻年华，跟心仪的男同学逗逗趣、搞搞小暧昧，是非常愉悦身心的事情。当时，与小丽公认走得最近的，是班里一个有官僚背景的男孩，学习一般，长相一般，但很嘚瑟，很会撩女孩。你说安妮勾引他？呵呵，谁勾引谁啊……

"哇……勾引朋友的男朋友，这也太过分了！小丽，你有实锤吗？"我关切地看向小丽，心里却觉得，这事八成是那个自负男一厢情愿地向安妮献媚，小丽不爽，安妮便背了锅。

"嗯，他亲口对我说的，安妮经常对他抛媚眼。"小丽平静而委屈。

"放心，我们不会放任她伤害你的。"领头女孩握住小丽的手，像江姐一般坚定地说，"她既然是这种人，我们决不会接受她。"

一向闷声不惹事，存在感薄弱，但总能在各种团体撕 × 中明哲保身的小丽，露出了温柔的笑容，眼眶湿润地看着领头女孩。

就这样，关于"安妮到底该不该被抵制"的讨论，到这里就结束了。我没再多说，因为显然多说也无益嘛。

管它是真是假，有没有实锤，总之我看你不顺眼，你刺痛了我的自尊心，你让我厌恶，那么我就要代表正义惩罚你，如果一个理由不够，就两个。

3

孤立安妮的行动进行到半个月时，我开始坐不住了。

倒不是什么"心灵受到拷问"那类崇高的理由，而是在这场孤立之前，我跟安妮真的关系不错。我们前后桌，低头不见抬头见，而且我习惯了在遇到解法冗长的问题时去问她，她常常有一些不同于教材的简单到不可思议的"独门安妮解题法"。而这场突如其来的孤立，让我的日常生活都不自在了。

于是，我借着"座位近"这个挡箭牌，多少比小团体中的其他女孩松弛些，上下课偶尔跟安妮聊笑两句，轮到一起值日的时候，也不会特意分开走。

什么？这样难道不会被小团体"批斗"？

哈哈，还好。那些头脑聪明的女孩子，不会赤裸裸地来质问："你为什么要理她？！"她们只是把这一切看在眼里，然后在脑中转换成天平上的砝码。是的，你以为女生间的人际关系是一道情感题吗？不，那是一道数学题。

一次在阶梯教室里，只有我和安妮在值日，我便直截了当地问她："大家这样讲你，你伤心吗？"

"伤心就不至于，但我也不明白，她们为什么要这样。"安妮也是周到，用了"她们"，而不是"你们"。

"咳，还不就是眼红嘛。大家都很刻苦，所以不相信你能那么轻松，连练习册都只做一本。"

"大家很刻苦？"安妮哭笑不得，"司康，我跟你说，我真的就是上课认真听，课后好好做作业，就这么简单。我确实是比其他同学睡得早、花钱少，可是你说她们在学习上都比我刻苦，这我不能认同。

"不是起早贪黑，多去几个补课班就叫刻苦吧？上课不听讲，发呆睡觉传纸条，课后不及时做作业，非去补课班把一样的知识再学一遍，买成堆的做不完的练习册，然后因为睡眠不足、状态不好，第二天上课继续发呆睡觉传纸条……这么个刻苦法，考不好怪我咯？"

安妮不是在抱怨，不是在发泄，她从头到尾淡定又平和，说到最后甚至尾音带笑——是的，她不觉得这场孤立运动令她伤心，她只觉得可笑。

至于她的这番理论，虽不能适用在所有人身上，但在"谁也不比谁笨多少"的学霸小团体里，倒是成立的。考试发挥总会有运气和偶然，我们几个女生之间的排名高低也是流动的，安妮并不是总能进前五，不至于离奇到有什么惊天内幕。就如她所说，很多事情，其实有正常而简单的途径，只是我们非要绕来绕去，把事情搞复杂，而一旦结果稍不如人意，便去质疑正常做事的人。

因为付出了多余努力的我们，不愿意相信，事实真的就那么简单啊！因为人们，往往只相信自己愿意相信的事情。

4

后宫小团体对安妮的这场孤立并没有持续太久。总共不到两个月，那座无形的"冷宫"便渐渐瓦解。

什么？你说当初信誓旦旦把她批斗成不诚实的心机婊，话都说到那个份儿上了，怎么回旋？

咳，那你真是不了解少女，尤其是头脑灵光的少女。大家脑中都有一台天平，风吹草动都是垒砝码的过程。双脚站在哪儿，身体朝向哪儿，都是随时变换调整的。到了需要移动、掉头的时候，大家心里有数，彼此给台阶下，这事比想象中可容易自然得多了。

教训自己看不惯的人固然很重要，可比这更重要的是，风向扭转时，不能站到失败的立场，不能城门失火，不能做输得难看的那一个。

至于这一次风向为何转得如此快？主要还是因为，安妮本人完全没有受影响！

该吃吃该睡睡，成绩还是很稳定，偶尔跌到十名开外，也照样是班主任的宠儿。作为班花的她，在这个看脸的世界，照样被不理会女生在玩什么局的男同学们围着转。她还是学生会委员候补，常跟其他年级、其他学部的人一起搞活动，风头不减——孤立我？随便你，我还真不缺。

再加上，不是还有我这样狡猾的两面派？一边身在后宫小团体之中，一边又不切断与安妮的互动。我这种叛徒的存在，使得后宫预想的"让安妮彻底孤立无援"的惨状难以实现，也是破局的关键。

于是不消两个月，姑娘们便又回过头来巴结她了。

顺便说，下一个被打入冷宫孤立的，就是我。

不知跟当时我对安妮的态度有没有关系，或者只是时机巧合而已，反正半年以后，我被以类似于"两面派""撒谎精""爱装傻"等好几个罪名踢出了学霸小团体。

不同于在老师们和男生们中都颇有人缘的安妮，针对我的这场孤立要惨烈得多，难看得多。那时候大约是初二下学期，刚开始，我还有贵贵这个不属于学霸圈的朋友。她带领她所在的学渣小团体收留了我，虽然我跟其他几个女孩子完全熟不起来，但好歹贵贵在。

然而两个多月后，贵贵离开了树德，转学去了普通中学备战中考。我跟学渣小团体失去了唯一的纽带，虽然她们不赶我，可是待在一起已经很别扭。况且，从后宫学霸们高高在上的视角来看，我跟学渣小团体待在一起，与我独自一人没什么区别，反正看起来都是一样地搞笑、可怜。

我很自然地开始了一个人的生活，长达五个月，直到初三上学期的某一天，重返校园的秦锦织转到我们班来，才终结这一切。

在那不堪回首的被孤立的时光里，我没有安妮那么淡定潇洒，我身心受创，煎熬不已。而在那段日子，安妮也是学霸小团体里唯一跟我说话的人。可能是还我之前一份小恩情，也可能与那些无关，她本来就是会这样做的人。总之，在我跟别人说话，别人把我当空气无视的鬼日子里，安妮会回应我说的话，已是很大的帮助。

我没有向她要求更多，这是不言而喻的。

何况，安妮是只不伤人的小白兔，并不是拯救苍生的大英雄。

至于，我是怎么在没有贵贵也没有锦织的五个月，不转学不抑郁，硬生生挺过来的，现在想来，也还是归功于安妮。因为每当回想起她从前被孤立的前因后果，我心里便生出一种平和的感慨：

人们并不总是讲道理的，你所处的世界可能是荒唐又可笑的。

但对于这一切，最好的办法不是冲上去跟他们扭打成一团，更不是为了他人的错误而自暴自弃地惩罚自己，而是，好好走你的路，过你的生活。

当你把自己做好了，一切都会过去，一切都会回来。

5

升上高中后，我和安妮去到了不同的校区，虽然都属于树德这个大背景，但平时见不到面。交集少了，联络却多起来，我们远远地关注着对方，时不时彼此鼓励一下，也不是哪一方刻意为之，倒像有点心有灵犀似的。

在新的环境，新的同学圈子里，自然又有新的团体和故事。高中生安妮面对的，是同样通过了树德残酷的升学考试，从原本已经是佼佼者的树德初中生里，进一步脱颖而出的胜者。把他们称为整个城市里最聪明的高中生集团，也不为过。有了更多的精力充沛、手段高明、欲望强烈、演技出众的"后宫"施展身手，初中那会儿的小排挤，简直显得可爱。

此时的安妮，依旧保持单纯干净的心态，尽可能不为人际关系所苦。她的法宝是：不多疑，不妒忌，不挑事，不报复。听起来好像很高深，其实可以浓缩成四个字——管好自己。

现实生活毕竟不是电视剧，没有人拥有主角光环，太多曾经的天之骄子，在千军万马过独木桥的挑战面前，慢慢接受着"越学越吃力，越活越平凡"的残酷规律。安妮也是如此。

她的"轻松学习法"显然不够应付恐怖的高考竞争。当更聪明的人都挑灯夜读到凌晨两三点时，十二点就困到睁不开眼的她，只能尽全力稳定在年级中游。

但好在，安妮没有清华北大梦，她从小就知道自己漂亮，她的理想一直是做双语女主播。以她的成绩，考艺术院校的英播系，还是绰绰有余的。这也将她与正常高考的女学霸们区分开来，少了许多被当成"假想敌"的风险。

高三那年，她去北京艺考。我兴奋地问感觉如何，她说，两次都发挥得不错，面试老师们看起来还挺满意的。

然而在家里等结果期间，她接到了一通电话。对方说，她的艺考成绩一般，很有可能被淘汰，如果现在交 50 万，只要高考发挥正常，就能被录取。

安妮的爸爸是警官，为人刚正，他犹豫再三，觉得不能傻乎乎地任人摆布。别说这很可能是个骗局了，就算不是骗局，难不成自己这么优秀的女儿，就只能靠不光彩的勾当上学？

安妮也同意爸爸，最终全家人决定，相信安妮自己的实力，不理会这通电话。

复试结果出来，安妮落榜了。

是的，生活不是宫斗剧，没有谁有主角光环。在成年人的世界中，在眼前的后宫之外，还有数不清的更有背景、更有靠山、更有实力的人。平凡的小白兔，再人畜无害、努力成长，也未必就能顺遂圆满，说不定什么时候就跌进腐败的沟渠，成了落汤鸡。

安妮请了三天假，休息身心，自我开导，把她人生中遇到的第一个巨大黑幕，好好消化掉，然后回到学校，从头准备高考。由于时间紧迫，发挥一般，估分不准确，她最终与第一志愿擦肩而过，选择了留在老家的一所985高校。

跟很多人比，这个结果还是优秀的。可你问她遗不遗憾？当然遗憾。

不过小白兔一如既往地淡定平和，很快就接受了这一切。她说，这学校不错啊，英文专业全国领先，又能住在家里，多好！

6

进入大学，聪明漂亮的安妮如鱼得水，入学生会、拿奖学金，都毫不费力。看着她有家人有朋友、热闹又愉悦的大学生活，彼时在东京留学的我羡慕不已。大一快结束时，她却突然对我说，她想留学。

"为什么？"我脱口而出。

"我觉得我可以做得更多。司康，你看你，活得多么热烈。喜欢什么，二话不说就去做，哪怕头破血流。而我，总是温暾暾的，随遇而安，好像从小到大都没有什么执着的欲望。唯一有过个双语主播的理想，碰了壁，也就那么算了。可是，人生总该有件无论如何都想实现的事情吧？我不该就这么轻易地放弃。"她停了一会儿，继续说下去，"我查过了，G 大的新闻专业是全美第一，我想申请它。"

白兔，温厚纯良，知足常乐，比起七情六欲强烈而旺盛的人，确实少了大起大落的戏剧感和今朝有酒今朝醉的爽快。可此刻，白兔也不满足于顺其自然的人生了，她想创造惊喜。

"那你申请 G 大的把握大不大？"我问。

"最重要的就是托福成绩，我上学期在学校机房里练了下，好简单，应该没问题。"安妮说。

这家伙，一辈子都没补过课，现在准备出国了，也不说起码去报个新东方啥的，真是人比人气死人。

"那就申请呗！有梦想又有实力，还犹豫什么？"

"我……"她欲言又止，"我怕我妈不同意。"

是了，如果是其他朋友说出这种理由，我肯定嗤之以鼻，可安妮不同，她妈妈太宝贝她了！

初中时，安妮之所以能写不完作业也绝不耽误睡眠，全因为有妈妈撑腰。高考填志愿选了本市的学校兜底，也是为了不离开家。现在上大学了，20岁的大姑娘，门禁却是晚上七点！七点！就连周末参加个同学聚会，只要七点一到，安妈妈就开着车到餐厅接人。

安妈妈的口头禅是："女儿别嫁人了，也不用辛苦工作，留在家里妈妈养你一辈子。"

"你好好跟爸妈谈吧，毕竟这关乎未来。"我说。

"好，我会力争到底的。"安妮很坚定。

这场交涉没有想象中容易。

无论安妮如何讲道理，妈妈都眼含热泪，坚决不同意。

安妮急了，撕心裂肺地问："如果你们只想让我待在身边老实过日子，那为什么从小到大一直培养我做优秀的人呢？考树德中学、受老师喜欢、当干部、直升高中……你们不是一直以这样的我为傲吗？现在我想更优秀一些，认真地追求一次理想，你们却不允许，这不是很残忍吗？倒不如一开始就教我随便做个庸人就好了！"

这是安妮内心最深处的纠结，让父母哑口无言，不得不默默反思起来。

"成了。"

收到她发来的简洁微信，我回了一句"恭喜你"，然后赶紧查起美国都有哪些值得代购的东西……

不过最终，安妮还是没有去留学。

知道这消息是三个月后了，我诧异地问为什么，难道父母反悔了？

"不，他们同意了。"安妮说。

"我都着手申请了。有天晚上在家里查资料，我妈坐到我旁边来，靠在我身上。我没当回事，继续看着电脑屏幕。过一会儿，她抬起头，眼巴巴地看着我说：'以后就不能天天见到宝宝了。我女儿要离家那么远了。你……真的舍得妈妈吗？'

"她哭了，我也哭了。就是那一刻，我所有的不甘心都落地了。我抱着她，想算了吧，一定要让妈妈这么难受吗？这真的就是我想要的吗？……算了。"

我半天说不出话来，良久才挤出几个字："你就这么放弃理想了？"

"对。"她不想多说。

7

安妮稳定而平淡地度过了大学四年。

临毕业前，在"拼爹拼关系"已成为常识的就业大环境里，她靠自己投简历而成功进入了老家非常抢手的国企。

真是从小看到老，就算人们都坚信不行贿走后门就不可能被录取，她还是当年那个只因上课认真听讲、下课好好写作业，用最正常简单的方法来考出好成绩的小女孩。

那年春节我回家，我们照例约出来叙旧，当时她已经工作一年多了。

她给我这个不懂行情的废柴耐心解释，什么合同能拿双月薪，哪类职务又清闲又有丰厚的年终奖，工资与基金、福利之间的关系……我虽然听得云里雾里，但由衷地感慨，她为自己选择的这条路，看起来可以走得很好。

"你这么让人省心，你爸妈一定非常骄傲。"我说。

她看着我，脸上带着温柔的微笑："大三时有个周末，我爸在家请客，招待几个老朋友。我在自己房间里，隐约听见他几杯酒下肚后说：'早知道当年就交了那 50 万，也许就不会耽误闺女了。'"

我呆呆地听着，想起安妮考英播落榜的往事。

　　"那一瞬间我真的好想哭，他竟然耿耿于怀了这么多年！我爸爸正直本分，不愿向邪门歪道低头，这有什么错呢？还有我妈妈，因为太疼爱我，舍不得我出国，又有什么错呢？他们就是这样的人，我就是在这样一个家庭里出生长大的，他们的爱都刻在我的基因里。

　　"我这种性格的人，不太会去纠结过去，但他们不同，他们会内疚、会自责。我要证明给他们看，我没有被任何人耽误，无论走什么样的路，我都能过得好。"

　　安妮的声音平静而坚定。

　　是的。我曾经无数次想象过，如果当年安妮如愿考上了英播系，现在也许是个优秀的女主播，或者时髦的翻译官。如果那年她顺利出国了，到更大更精彩的世界去学习和碰撞，现在也许正如她喜爱的美剧场景一般，拿着杯热拿铁穿行在纽约的大街小巷，经济独立，生活丰富而开阔。

　　可那又怎么样呢？那一切，不过是旁观者一厢情愿的假设，于当事人，是枷锁、是打扰、是不恰当的指手画脚。

　　人生，总有阴错阳差，总有夙愿难偿，总有身不由己，总有一言难尽。我们不会像电视剧里的主人公那样九死一生，我们更多是守着自己平淡波折的小故事，就这样穷尽一生。但无论这一路怎么分岔，无论每一个或主动或无奈的选择把你送到了哪里，这条路始终在你自己脚下。你的品德，你的愿景，会照射在前行的道路上，你依然可以把每一种生活，都过成最像自己的样子。

如果对安妮来说，家人的眼泪就是比远方的理想更重要，那谁又有资格去评断她的选择呢？现在她有体面的工作，能陪在家人身边，还交了个稳定的男朋友，只要她喜欢这样的自己，享受这样的人生，谁又能说这不是最好的结果呢？

8

安妮的故事到这里本该讲完了。然而连我自己都没想到，居然还有如此惊天逆转的大番外。

那是去年中秋，我回老家参加另一位朋友的婚礼，便发微信约安妮出来相聚。

她回说："宝贝 sorry，我们封闭训练，这两周都回不了家。"

"你们国企中秋节还训练？要不要这么拼！"我震惊。

"呃……宝贝，我忘了告诉你，我辞职了，现在是一名光荣的人民警察！"

我不敢相信她打过来的这段话，还确认了一下微信号有没有搞错。

"你……"

"哈哈！我可有佩枪哦！以后你回来有我罩！"

我冷静了一会儿，问："你男朋友怎么说？"

"我们分手了。我突然发现，从前的那份工作和那个人，都不是我真正想要的。我想挑战自己，过刺激一些的人生。"

"那……你父母？"

"反正我还住在家里，他们没意见。我跟你说，我现在每天都跟超级爷们儿的一大群帅哥在一起工作，老爽啦，哈哈哈哈哈！"

我一脸蒙圈地反复看着她的话，想象着《疯狂动物城》里的兔子警官那小巧柔弱又充满能量的形象，忍俊不禁。

人生如戏，却比戏剧更有趣。

纵然我们没有主角光环，可我们却真的是主角啊！我们在各自的人生中，总归还有一些特权，未必保命不死，却可以在每一次危机之后，不给故事画上句号，而是提笔续写，绝地反击。我们面临千万种选择和机遇，搞砸一两次，真的没关系。

没能成为从小憧憬的女主播，却可能一不小心当上了陀枪师姐，我们总归会在一次次命运选择的叠加下，成为某个版本的自己，只要你喜欢它，享受它，不后悔走过的每一步，就能将每一个版本，都活成唯一的版本。

更令人兴奋的是，在这大千世界里，我们不光是自己人生的主角，也是别人脚本中的配角。每一个故事中都有贵人有小人，有看热闹不嫌事大的聒噪鬼，有心直口快情商掉线的愣头青，有老好人，有大坏蛋……哪怕只是一个班级，一层办公室，都有属于它的政治。而我们，都注定在其中扮演着一个角色。

如果要给安妮的这一生起个剧名，我想就叫《白兔传》吧。这位女主角，从来不攻击、不伤害、不记恨，也从来不迎合、不奉承、不盲从。

那我们呢？

在这条看不清明天的路上，在这跌跌撞撞、懵懂摸索、崎岖前行的人世间，你是否扮演了一个让自己骄傲无愧的角色？

BEAUTY

你走时，不必叫醒我

AND THE CITY

1

十年前，在我刚来日本留学的时候，中日信息交流还不像今天这样开放。提起"日本是个什么样的国家"，我和我的同学们最先反应的还是——动漫、地震、痴汉。

所以当我初来东京，进入大学，看到了真实的日本，还是受到了不小的文化冲击。别的都不说了，最让我目瞪口呆的是，日本人也太会打扮了吧！尤其是正值全盛年华的大学生，不要太时尚太精致，简直把校园当成杂志 T 台一样。其中，又以文艺气息名震岛国的早稻田大学更甚。

一直两耳不闻窗外事，读了十年圣贤书的我，看着身边那些眉毛修得比我还整齐的男同学、身材妆容搭配都甩我八条街的女同学，竟然丝毫没被刺激到自尊自强之心，依旧淡定地邋遢着。这一切，在我大二那年开始兼职做模特之后，也没怎么改变。

现在回想，那时的自己真够分裂的。每学期都素面朝天地穿梭在如画的校园，于人群中不起眼地听着课、考着试。一放假，便飞回国内，接一些感兴趣的平面、书模工作，只在镜头下才好好化妆、用心打扮。这样落差巨大的两种生活，交替起来还蛮有趣的。

几年下来，我也合作了不少摄影师，知名的、不知名的都有。他们之中，至今让我觉得最有天赋的那个，叫布鲁斯。

原谅我赘言太多，这十年一梦的故事，不是我的，是他的。

2

布鲁斯是南京人，与我同龄。

16岁，当我出版的第一本小说无声淹没在书市中时，布鲁斯已经在博客上一鸣惊人，成为当红摄影少年，被知名导演看中，并获得邀请加盟其在香港的工作室。可那时的布鲁斯年轻气盛，觉得眼下的生活就很好，没把去香港看作多么千载难逢的机会。而且正在热恋中的小女友也百般舍不得他走，他于是拒绝了导演的邀约。

那个小女友，就是娃娃。

我第一次看到娃娃，是在布鲁斯为她拍的一组照片里。

每当他灵感爆发又找不到适合的模特时，就找女友来代打。技术可以被超越，爱意却是无法复制的，在我看来，布鲁斯至今拍下的数以万计的人物作品里，没有一张，能超越当年他为娃娃拍的。

我和娃娃真正见面，是一次放假回国，和布鲁斯一起拍外景时。当时 20 岁的布鲁斯还没有独立的工作室，仗着才华有一票没一票地单干着，连助手都不固定。所以娃娃常常要去拍摄现场帮忙，举反光板，给模特补妆、擦汗、撑伞。

见到她的第一眼，我就喜欢上了她。真是人如其名，一个又洋气又漂亮的小姑娘，忽闪忽闪的大眼睛，两个对称的小梨涡，笑起来又甜蜜又爽朗。关键是，她还吃苦耐劳，性格好到爆。我们迅速成了无话不谈的好朋友。

那之后，布鲁斯常常纳闷地说："司康，你可是我的朋友来着，因为娃娃是我女朋友你们才认识的，怎么这么快就投敌叛国了呢？"

我便把当时交往了多年的男友介绍给布鲁斯，让他俩做个伴。在无数个逛街吃烤肉的夜晚，当我和娃娃互相吐嘈着自己的男友时，他俩也在别处把酒言欢，齐齐抱怨着我们。

相识后的美好、愉快、和谐，差不多到这里就说完了。

3

跟布鲁斯合作到第二年，随着交往渐深，我开始察觉，这个天才身上有一些致命伤。

他胸怀天下，古今中外家事国事，事事操心，是典型的嘴炮型愤青。然而如此挥斥方遒的他，对自己的工作却不甚上心，一犯懒就不守约、不出片，对客户经常是无所谓、爱咋咋的的态度。以他本身出众的才华来说，这真是极大的浪费。

刚巧那阵子，网上爆红了一位跟布鲁斯风格相似的摄影师 W。她的作品色调很文艺，画面细腻又浪漫，广受年轻人追捧。后来我才知道，W 以前是布鲁斯的半个粉丝，还曾经在论坛上跟他学艺来着，结果这两年 W 越拍越好，已经超过了布鲁斯这个"老师"。

"如果你也勤快点，多出些好片子，稍微规划规划事业，哪还会被跟你学艺的人甩开这么远呢……"这句话每每都卡在我的喉咙里，到底没忍心说出口。

后来，布鲁斯介绍了另一个摄影师给我，据说是他一手带出来的徒弟。我看了那位徒弟的作品，老实说，跟布鲁斯比还差一大截呢，拍拍客片还好，拍模特不太可能。可没想到不久之后，就传来了这位徒弟要去上海建工作室的消息。虽然技艺不算一流，但是人家够坚定、有头脑，拉了好几个比自己牛的人入股，彼此互补。

那时布鲁斯跟我说，他也会入股，成为工作室的合伙人。我替他高兴，心想他总算可以结束有一搭没一搭的日子了，有团队也算有了起码的规划！结果半年后，我询问工作室情况如何，布鲁斯说他被忽悠了，人家只安排他做个签约摄影师，合伙什么的根本不带他玩！一气之下他就走了，又回南京单干起来。

如此种种，不胜枚举。

在我看来，布鲁斯的人生里唯一靠谱的，也许就是他和娃娃的感情了。

直到有一天，娃娃看着我，欲言又止，无可奈何地说："你知道跟我在一起这些年，他出轨过多少次吗？"

4

布鲁斯和娃娃的恋爱史要追溯到两人 13 岁那年。才华横溢又帅气逼人的布鲁斯，从小就不缺女人缘，而娃娃一直崇拜着他，他是她的初恋。

初中时，在娃娃稚嫩的表白后，两人在一起了。布鲁斯那旺盛的桃花运不断考验着这段感情，每一次，娃娃都在原地默默地等他浪子回头，如此分分合合，周而复始。

高中时，发生了"知名导演三顾博客"事件。布鲁斯的拒绝，成就了一段"天才少年为爱放弃大好机会"的传说，而娃娃，便被定义为那个"让他留下的原因"。

大学，娃娃留在南京念书，一边学设计，一边开淘宝店练手。布鲁斯则标榜"国内的高校教育就是笑话"，没有继续念书，开始以拍照为生。那时，看着周围的同龄人还在靠爸妈给生活费，而自己的收入已经够租房约会喝小酒了，他也乐得逍遥满足。

然而就在大一那年，布鲁斯又变心了，不只是心，连身体都出轨了。

他跟娃娃提出分手，娃娃痛哭着求他回心转意，别就这样放弃多年的感情。她拉着他的衣袖，涕泪横流，毫无自尊地哀求。这场分手搞得不清不楚，反正最后几经周折，布鲁斯还是回到了娃娃身边。算下来，当初我刚认识布鲁斯和娃娃的时候，他们才复合半年多。

"他跟好多女人睡过，光我知道的就有这些，而我不知道的……我也不想知道了。"娃娃的脸上掠过一丝浅浅的厌恶。

我在震惊中第一次意识到，有时候，爱不是盲目，爱是无可奈何。你并不是真的看不见对方身上的丑陋和缺陷，你也会愤怒，也会恶心，只是你无法下定决心结束这一切，于是只有沉默着接受。

　　那个假期的尾声，布鲁斯再一次收到了当年赏识他的导演的邀请。这一次，他准备抓住这个机会。

　　我问娃娃："你也同意他去香港吗？"

　　她说："我同意，我必须同意。"

　　这句话说的，仿佛相当有深意。

　　"当年我小，舍不得他，不愿与他分开那么远。这些年来，他一直觉得他是为我而留下的，要不是我耽误了他，他可能早就功成名就了。我背了这个包袱整整五年，这一次，让他好好去闯吧。"

　　我看着她，真心地说："这时候异地，可能不会有好结果。"

　　娃娃看着我，勉强地笑笑："该发生的事情，在哪里都会发生。"

　　去香港后，布鲁斯的作品被用于各种出版物和电影海报上，事业开始稳步积累。但他只坚持了不到一年，便受不了微薄的底薪、高腾的物价和拥挤的住宿环境，觉得老板是在压榨自己，索性辞了工，又回家了。

　　我问娃娃："男友回来了，高兴不高兴？"

　　她说："其实我猜到了会这样。"

5

又过了几个月，当娃娃告诉我，她已经与布鲁斯分手了时，我还是吓了一大跳的。

十年守候，纵然百转千回，沟壑满地，荆棘丛生，我始终以为，他们会一直纠缠在一起。

"我彻底死心了，没有任何不舍和留恋，我只想离开。"她好淡定，好平静。

原来，从布鲁斯回到南京以后，他们就大吵连小吵，从没消停过。

娃娃爸妈经营着服装店生意，早就想把大本营转移到上海去，可碍于女儿还在南京念书，就迟迟没有行动。现在娃娃毕业了，正是好时机。她自己也想学以致用，帮家里打理生意，毕竟念书时做了几年淘宝，会计、客服、进货、发货全部自己做，都是很有用的经验。

娃娃的梦想，是成为设计师，拥有自己的品牌。她知道这件事不是谁都能做到的，也知道自己天资平凡，但她依然为了这难如登天的梦想，一直埋头努力着。她的这份清醒、踏实、肯吃苦，是我欣赏她的最大原因。

然而，当娃娃全家按部就班地开始筹备时，布鲁斯却还一如既往，散漫而无规划地活着。娃娃问他对未来有什么打算？布鲁斯又搬出一堆不切实际的豪言壮语来，就像全世界只有他最聪明，牛皮能吹到金字塔尖上。

娃娃说："你不要再跟我扯那些鬼话了，你以为我还是 13 岁吗？要不，你就跟我来上海，在那里你一样能施展才华。或者，你想让我陪你留在南京，那你就正经找份工作去。我不用你养，可你也得给我点希望，别就这么混下去。"

布鲁斯被气炸了，俩人越吵越凶，加上那阵子感情上的大小矛盾，他暴躁地提出了分手。

娃娃当场答应了。

几天后，娃娃悄无声息地跟着家人一起搬去了上海。等布鲁斯想回头时，连人都找不到了。

6

娃娃去上海后不久，在朋友的家庭聚会上，遇到了一位留英归来的室内设计师。娃娃与他在设计和绘画上有不少共同语言，越聊越投缘。

娃娃外表可爱，内在独立，又朝气蓬勃地帮着家里打理生意，这一切都让那男孩欣赏和着迷。天时、地利、人和，很快他们就订婚了。

我也曾疑惑，这样的"闪订"会不会有蹊跷？娃娃真的拿得起放得下到如此地步？但当我找到她的微博，亲眼看到她每天分享的生活，和与未婚夫之间的种种真情流露时，我不再有疑问。

许多东西都装得出来，但发自内心的幸福，是伪装不来的。

在她上传了结婚证照片的那一天，我给她打了通电话。我们聊了半个多小时，现在的她，真的很开心很满足，别人怎么想，她一点都不在乎。

"你一定彻底放下了，对吧？"我问。

"对。"她说。

许多执拗，都只是一念之间。

执迷不悟得再久，也总有磨光后恍然大悟的一天。

那十年，就像一场梦，做便做了。

梦醒了，什么都没留下，好好去过新生活。

7

然而，布鲁斯并不这样想。

我最后一次见他，是五年前了。我拜托他拍组照片，催促了好几个星期，总算敲定了日子。拍完当天，我请他去一家还算高级的餐厅吃饭，借此来委婉地叮嘱他按期交片。

饭局过半，我们终归还是聊到了娃娃。

他一脸不屑地说："哼，你相信他们是真爱吗？"

我说："相信啊。"

他看着我，眼神里不知是嘲笑还是同情："你想想，怎么可能我们才分手不久，她就找到真爱了？有这么巧的事？还不就是赶紧找个男人把自己将就嫁了！"

我内心生出一股恶心，还试图开导他："感情这东西，不是以相处长短论胜负。缘分在什么时候到，没有人知道。她既然遇到了对的人，咱们大方祝福就好。"

布鲁斯却不放弃，又故作神秘地说："我告诉你，她姐妹儿都说了，他俩在一起经常吵架。"

"吵架怎么了，哪对夫妻不吵架？吵架不代表就不是真爱啊。"

"呦，那这么说，我和她更是真爱了！我们吵得更多！"他强词夺理，丝毫不觉得自己的话很荒唐。

"布鲁斯，你放下吧。娃娃已经放下了，她现在很好。你也会找到你的幸福的。"我继续劝他。

"司康，我告诉你，只有我能给娃娃幸福，我们注定是要在一起的。"他完全不管我说什么，自顾自地讲下去，"我们之间很多东西是别人不能比的。她跟别人在一起十年过吗？当初我要分手，是她死皮赖脸地求我留下的！她根本就离不开我！再说了，你看就她那学历、那性格、那模样，能找到多好的下家？"

我沉默地看着他。这个曾经才华横溢、天资过人、少年得志的男人，此刻是那么地可悲，又可憎。

他爱娃娃吗？

也许吧。可就算那叫爱，他也不懂得去尊重他爱的人。他打心底里看不起娃娃，觉得她就活该追随他一辈子。

"你呢，怎么样，放下那谁了吗？"布鲁斯岔开话题，提起了我的前男友。

很巧，在布鲁斯和娃娃分开后不久，我和当时的男友也分手了。当初我介绍他和布鲁斯认识，后来他们也算情义相投，交情就跟我和娃娃差不多。

"都半年多了，早就放下了。彼此不是对的人，分开是好事。"我说。

"司康，你现在说话怎么那么官方？假得要命！"布鲁斯气哄哄地说。

我心里仿佛有一百万只羊驼奔腾而过。敢情我不讲脏话、不骂人、不诅咒前任，就是假大空了！这家伙吃着我请的饭，还骂着我本人，也好意思？

饭局在我的沉默中陷入一片僵局。我深呼吸，拼命开导自己：他现在状态不好，不要跟他计较，多理解多包容……

"其实，一开始当然是很难受的，不管怎么说，在一起那么多年，拥有那么多共同回忆，结束这一切肯定不容易。但是一段不对的感情，勉强继续下去也是害人害己，所以分开确实对大家来说都是好事。我真就是这么想的，不是在跟你打官腔。"我不想跟他卖惨，感情中对方的错，分开后自己的苦，这些本来就不必与外人道，"而且，我借着这段失败的恋爱，好好反思了一下，发现自己身上有不少问题，这才是对我而言最大的收获。"

"呦！真的假的！"他夸张地瞪大了眼睛，"你还能知道自己有问题？那我可得恭喜你！真是好事！"

我冷笑着说了声谢谢。

是了。那些年，我和娃娃总会互相吐嘈男朋友的罪行，布鲁斯和我的前任也同样会惺惺相惜地聚在一起控诉女友。这都是人之常情，可以理解。

可是在分手后，我那位前男友依然视风度为无物，隔三岔五就去跟各种人卖惨，仿佛不在聊天中提起我就会七窍流血一样。那些言论，有的传到了我耳中，我只当不知道，不去理会；有的没传到我耳中，那些人如何想我，我也全然不在乎。

我知道布鲁斯一定也听他讲了不少片面之言，并且看起来非常感同身受。我从来不怯于承认，娃娃不是个完美的女朋友，我也不是。可一段漫长又失败至极的感情，无论如何都不可能只是一方的过错。就算真有一方十恶不赦，那么，多年来纵容、忍耐、粉饰这一切的另一半，是不是也很奇葩？更何况，事实并非他们所讲的那样。越是急急地把责任推给别人，自己扮成小白兔的人，越是作恶而不自觉。

看透男友本质而决心放弃的我和娃娃，都尚且有一颗客观反省的心，不去责怪过去，专注于自己的未来，可跟我们在一起这么多年的两个男人，竟只顾着推卸，没完没了地委屈自怜，丝毫不想想自身有多少致命的缺陷。

这也算物以类聚吧。

"你今后有什么打算？"我开始没话找话，毕竟饭还没吃完，总得做做样子。

"我会去美国定居。"他一脸淡定。

如果不是我认识他太久，估计都信了。

"投资移民还是技术移民？"我自己问出来都觉得可笑。

"我有个朋友是美国籍，可以帮着办假结婚，很容易的。"

　　我已经不想去跟他推敲什么，索性就着他的话往下说："过去之后当摄影师也不错，你的风格一定会受留学生喜欢的。"

　　"谁说我去做摄影师？"布鲁斯眉毛一挑，"到了美国有的是选择，谁还做摄影师啊！"

　　"那你想做什么？"

　　"告诉你……"他神秘地笑笑，"我想做律师！你也知道，我很喜欢政治，想去美国好好学习一下。"

　　"嗯……你知道你得先学好英语的，对吧？"

　　"喊，那还不是小菜一碟！"他大手一挥，一副"瞧你那点志气"的不屑表情，"到那边有了语言环境，英语很快就上来了！"

　　"好吧。"我看着他，半天才挤出后面三个字，"祝福你。"

8

　　那顿饭之后，我们没再见过面，一晃五年多过去了。

　　当初请他吃那顿饭，是因为拜托他拍了一组照片，然而那照片我至今也没有收到。

　　这些年，我们之间唯一的联系，就只是偶尔在网上看到些彼此的近况。

他当然没有去美国，倒也开了间工作室，扬名立万是不太可能了，江山代有才人出，不过凭他的专业水准，吃吃老本也够生活的。

他接的客片，从以前的杂志约片、模特样片，渐渐转为儿童照、亲子照居多，这一类的市场需求毕竟更大些，单子也更好接。

他还是活得非常"布鲁斯"，关心政治和民生，社会责任感十足。他常在午夜呢喃细语，配着黑白图，仿佛在诉说爱情的愁苦，仿佛在对着某个特定的对象倾诉思念。

当他的微博出现在首页中，我也曾像探望久违的老友一样点进去，偶尔看到一些名字中有火星文、头像是大眼自拍照的女孩子，在评论里说着稍显暧昧，却又不算过分的话。

而那一厢，娃娃在上海生了小娃娃。

当了妈妈以后，她的幸福与满足，连照片都盛不下。

我们之间的友谊也始终远远的、淡淡的，并非故意，只是自然而然。

直到今天，我都不认为自己在布鲁斯和娃娃之间，更偏向过谁。对于布鲁斯，我始终默默祝福着，就如同对娃娃那样。只是，我不觉得他能明白，也不奢求他明白。

十年，网络可以天翻地覆，曾经的信息匮乏，变为今天满屏的鬼畜和弹幕。

十年，时代可以截然不同，曾经心有畏惧的陌生国度，变为段子手们搬运推特的源泉，和一年去个两三次的热门旅游地。

十年，那个高中毕业来到日本，初生牛犊不怕虎的小豆丁，完成了学业、在职场摸爬滚打、成立了自己的小公司，也收获了美满的爱情。

十年，那个叫娃娃的女孩，把最好的青春付诸心中所爱，从13岁相知相恋，到23岁斩断前缘，从豆蔻年华的痴狂，到千帆过尽的释怀。

人生没有很多个十年。这是一段很长，却又不够长的时间，可以沧海桑田终无悔，忘却前尘迎新生，却也可能，不够让一个人从愚梦中醒来，去懂得，去改变。

所以，她决定离开时，并没有再去挣扎，再去摇晃他。

她只是静静地走了。

如果相爱与伤口，
都是美丽的邂逅

1

夏瞳姐姐是我朋友中的大牛一只。不是说她有多厉害的背景，或者事业做到了怎样的高度，而是，她总有办法，按照自己的心意去活。

像我这种世俗的家伙，从小到大在父母的安排下，一直以非常世俗的标准为成长轨迹。小学念本市最好的学校，中学不负众望地考进树德，从此开始奇葩又刺激的求学历程。而在树德这个神奇的社会，即便除去"头脑""家境"等每一方面的极端特例，只留下"正常人"的大集合，这里依然充斥着各型各款的优秀人才。Fish 算一个，早早算一个，锦织也算一个，我应该算不上。

而在毕业十年、各奔东西的现在，能同时把 Fish、早早、锦织和我聚集在同一个场合的，大概就只有夏瞳姐姐了。

夏瞳姐姐大我三岁，在树德里我们几乎没有交集。

最初见到她，是在我初三那年，树德邀请当届考入全球 TOP10 大学的学长学姐们办了一场分享演说。夏瞳作为那一届唯一考进剑桥的学生，也在分享之列。这长达两个多小时的分享在小礼堂举办，每个教室的电视上都有同步直播，而我作为参与主办的一员，有幸在现场观看。

神采奕奕的学长学姐们依次上台，用三分钟做分享，用两分钟回答现场提问。他们每个人都自信而轻松，严谨而骄傲。但在他们中间，夏瞳依然是与众不同的。

她一身青色长裙，配洁白的平底鞋，短发掖在耳后，不施粉黛，但涂了一层淡淡的橘色唇膏。她的样貌打扮，已然脱离了高中校规中所要求的，可又得体而丝毫不跳脱，最重要的是，特别好看。她只用了一分钟做分享，仿佛不觉得自己有什么好披露出来强调的，剩下的四分钟，都用来回答提问。

当有人问道："为什么没有选美国的学校，而是去了校友相对少一些的剑桥？"

她回答："我不是选了剑桥，我是只申请了剑桥。她是我唯一的选项。"

原本以为，这里头肯定很有故事，比如家族中有考剑桥的传统？比如童年时念念不忘的一个美梦？比如有崇拜的偶像或者喜欢的人在那里？

但她说，是高中某次物理竞赛的时候，在考场走廊里无意中看到一张剑桥的黑白照片。那一刻她在心里说："这里就是我的大学了。"

2

早春的铜锣湾，朝气蓬勃中透露着谜之闲逸，上午燃燃的阳光将海面照耀得波光粼粼，这是我能记起的香港最美的样子。

当我赶到艺展会场时，陈早早还没到，秦锦织刚刚在微信里说会晚一会儿，只有 Fish 一个人坐在展场旁边的露天咖啡馆。我们很默契地同时发现了对方，我走到她身边坐下。

"你怎么来这么早？"我看看表，还有一个小时才开场，我还以为我会是最早到场的人呢。

"我的酒店就在这旁边，吃过早饭就直接过来了。"她说，"而且，我想着如果到得早，可以跟夏瞳多聊聊，看有什么能帮忙打点的。"

"那你见到她了吗？"我问。

"没有。"她笑，"见到了我就不会还坐在这儿了。"

"这种时候，她应该忙得团团转，哪有时间跟我们寒暄。我们凑上去，恐怕也是帮倒忙。"我一边说，一边干脆找服务员拿来菜单，点了超大杯的拿铁和丰盛的水果松饼。

"所言极是啊！"Fish 做出"甘拜下风"的手势，"幸好你也来得够早，要不然我一个人在这儿坐着多无聊。"

Fish 与夏瞳结缘，是在高二那年。那时，正念大二的夏瞳又收到母校树德的邀请，回到高中做分享。这一次，不是面向全校的，而是只以申请去欧美留学的几个班级为对象，所以准备留学日本的我，并没有参加到这场分享。

那一次的嘉宾，算上夏瞳在内有五个人，剩下四个分别来自牛津、麻省理工、耶鲁和哈佛。不同于其他嘉宾着重介绍自己的专业和所在大学的风格，夏瞳几乎全部的篇幅都在谈论剑桥的生活和她兴趣上的变化。

她说，刚念大一不久，她便爱上了艺术品、诗歌和舞台。她加修了好几门与艺术鉴赏和舞台剧相关的课程，然后被迷得不要不要的。下个学期，她打算去画廊和艺展做兼职。

说起这些，她活泼陶醉得如同小孩一般，哪里像戴着权威光环来给学弟学妹们做科普的风云学姐啊！

"所以，你是因为她跟其他的'妖艳贱货'不一样，才留下了深刻的印象？"我问。

"也不全是。"Fish 说。

那场分享会上，Fish 举手提问了。

她问夏瞳，本科毕业后有什么打算？

夏瞳说，她要去纽约读硕士。因为纽约有更丰富的现代街头艺术，有寸土寸金却奢侈地傲立在市中心的中央公园，还有她恨不得每天住在里面的百老汇。

"她是那一场分享会的五个嘉宾中，唯一一个不专注在安利自己所在城市和学校的人。"Fish 对我说，"当然我知道，其余四个学长学姐也不是昧着良心在自夸，人家也是真的自豪和享受其中的。但你懂的，夏瞳的真实和坦荡，实在令人过目不忘。"

"学姐，所以你是后悔去了剑桥吗？你觉得，是不是相比于剑桥或伦敦，你更推荐纽约呢？"在夏瞳回答了 Fish 的提问后，另一个学生站起来，抛出一个凌厉而尴尬的问题。

"我将要去纽约，因为我发现了新的目标和兴趣，而这所有灵感，是剑桥带给我的。我渴望成为一个新的自己，而剑桥是这一切的启迪。"夏瞳丝毫不为难，眼中有光地侃侃而谈，"如果没有去到剑桥，没有被它打开心灵和眼界，没有无数个在伦敦消磨的美妙周末，也许现在的我，根本不知道自己想要什么。"

她没有被难倒，是因为，她的每一句实话，都没有任何难以启齿的角度。

据说，那次分享会后，好多面临高校申请的同学，都在"去伦敦还是去纽约"之间纠结了好一会儿。

"显然，你就没有被那番话影响，你还是毫不纠结、义无反顾地去了纽约。"我一边切着香喷喷的松饼，一边调侃 Fish。

"这真的是每个人性格不同所致吧。如果只念两年，我可能会选伦敦，但是本科要念四年，那么我选纽约。"Fish 说，"况且，等我念本科的时候，夏瞳姐姐都大四了。如果我去英国，我们只能有一年的交集而已。但我选了纽约，就不同了哦。"

Fish 俏皮而狡黠地一笑。

哼，我知道，这家伙绝对不是那种会因为别人而改变自身选择的人。她这番强调，就是为了向我显摆——是的，直到 Fish 本科毕业去香港工作前，她和夏瞳姐姐同在纽约，亲密相处了三年。两人既是中学校友，又都钟爱艺术，一有空就约去百老汇看戏。

有时候我常觉得，Fish 与夏瞳姐姐是有许多相似之处的。但每每细想，就又觉得并不是。

238

Fish 是一个自由而热烈，随性而决绝，要"此时此刻"而非"天长地久"的人。

而夏瞳，在她忠于内心的快意人生中，却有着一根束缚，是柔情百转，是不动声色，是难以言说。

Fish 的心里住着一个男人，而且是一个君王。

夏瞳的心里住着一个诗人，缠绕着的，是一段情伤。

3

陈早早与夏瞳结识得晚一些。

这个初二就"离家出走"了的小疯子，与树德中学都不过只有一年多的缘分而已。但她本科在康奈尔大学，也就是纽约州，大三还是大四的时候，很自然地在华人交流活动里遇见了"校友"夏瞳和 Fish。

毕业后，Fish 去了香港，早早留在康奈尔念法学院。那一年暑假，已经在华尔街金融圈工作了两年多的夏瞳，把早早推荐给华尔街的一家律所当实习生。这是早早人生中的第一份"工作"。

那之后不久，夏瞳便辞了职，也去了香港。当然她不是去找 Fish

的，那时候 Fish 已经炒掉百万年薪的金饭碗，潇洒地回京创业了。夏瞳只是跟随内心，又寻觅起她心之所向的生活而已。她揣着无懈可击的学历和职历，在这个全亚洲最开放又最势利，最自由又最现实的土地上，开始做艺术品收藏和金融顾问。

她不签公司，一年接多少单客户，全看自己的需要。比如明年她想坐游轮环游世界，那今年就少放假多接单，赚出充足的旅费来，好安心停业去探险。尽管不上心到如此地步，在凭本事挣钱的行业规律下，短短三年多，她已将自己的资源和品牌经营得风生水起。

今天，我和 Fish、早早、锦织夫妻就是赶来为她主办的第一场"亚洲艺术家联合私拍会"捧场。东京、北京、香港、新加坡、首尔、河内，受到全球追捧的二十三位当红艺术家都响应了她的邀请，全场一百件未展出过的作品，在铜锣湾面向精选而出的私人收藏家进行拍卖，中午十二点到下午五点，售完即止，不延长，不加场。

"其实……说捧场也不太恰当。"刚刚到场的陈早早，也坐下来点了杯咖啡，"你看今天这场合，出作品的都是艺术家中的当红艺术家，来淘宝的都是有钱人中的高品位有钱人。像我这种家里连成套的家具都没放过，更别提收藏艺术品的女屌丝了，能被邀请进场，还不都是夏瞳姐姐够任性？嗯……Fish 勉强可以算来捧场的，司康，你和我，好意思叫捧场吗？"

"哎哎，你说自己就说自己，干吗拉我下水？"我非常不想承认，陈早早这个家伙又真相了。

今天的早早，依旧留着清爽的短发，两颊好像又瘦削了一些，唇红齿白地越发明显。总之就是苗条里透着精气神，干练中带着恣意范儿，就跟她现在每天从事着的"为了环境、为了生命、为了大自然"的伟岸工作一样。

算起来，我和她也有好几年没见了。准确地说，今天聚起来"捧场"的四个女孩，除了我和 Fish 这两年见得出奇多，其他每个人都是久别重逢。

从东京，从北京，从纽约，从洛杉矶，来到香港，为了夏瞳。

4

弹指一挥间，高中毕业马上就要十年了。

树德这神奇的母校，曾经让我大开眼界，曾经让我绝望憎恨，也曾经逼迫我燃起斗志的火焰。但不管在那六年里发生了多少好事坏事，经历了怎样的大起大落，所有伤痛和磨砺，所有孤独和回忆，都因遇见了几位生命中无可取代的挚友，而化作一场美丽的邂逅。

我还记得初三那年，在分享会上第一次见到夏瞳姐姐的那天，中午我出校门买鸡蛋饼时，经过车库门前，看到了在发呆的她。

哇，原来女神也会对着水泥墙壁发呆呀……我鼓起勇气走过去，想跟她打招呼。

"你看这里的粉笔线，居然还能看到痕迹呢。"她却先开了口。

自行车库的水泥墙上，有几道模糊得已很难辨认的白色线条。如果她不说，我直到毕业也不会注意到。

"你是刚刚坐在前排的那个姑娘。"她居然认出了我，转过头来亲切地说。

"学姐你好，我叫司康。"

"司康？我看过你写的小说。"

"啊？在哪儿？"我大惊。初三时我还只是自己写着玩，连放上网去连载都没试过。

"在教职员办公室里。我在分享会之前去探望老师，刚好碰上你们物理老师拿着你那被没收的笔记本，向你们班主任投诉，说你上课不是睡觉就是写小说。她把本子摔到一边，我就顺手拿起来看了几页，不是有意要偷窥的哈。"

我一瞬间满脸涨红，恨自己为何要出来买鸡蛋饼！如果是以这种方式相识，还不如一辈子不认识……

"司康，你出书的时候，我一定会买来看的。"夏瞳姐姐说。

在我的 15 岁，她就像个完美的天使，她的微笑，她的声音，她的言语。

一年后，16 岁的我真的出版了第一本小说。但是一想到夏瞳姐姐会买去看，我就羞愧难当，可能也是出于对自己当时创作的不自信吧，我在作者署名上用了一个没人知道的笔名。

（所以正读到这里的你们，也请手下留情不必去找，真的，求你们。）

车库前那场奇异的对话，成了我和夏瞳走进彼此生命的契机。谁能想到自那以后，我们竟交往成了姐妹。

她十分疼爱我，老说在我身上看到了自己的影子。我便说："你是在反讽吗，我哪点像你那么牛×？"她想了想说："也对，应该说，我在你身上看到了我自己没有却很想要的东西吧。"

我问她那是什么？快说出来让我自豪下！

她总是像看小白痴一样，笑而不语。

她教会我许多东西。在她完成一个个潇洒又耀眼的转身时，我曾问，是什么样的目标和动力，在支撑她实现这一切？

她说："我不是什么了不起的人，也做不出什么大事。我一直以来所做的，无外乎就是努力追求自己喜欢的生活而已。如果力所不及，当然不能勉强。只是刚好，我的努力和能力，大于我的志向和欲望，所以达到了自己还算满意的状态。"

夏瞳姐姐是一个近在眼前的例子，她让我确定，内在强大而智慧的女人，并不会流于表面的尖厉傲慢，而往往是温柔优雅，淡淡地自成一花。至于那些声音大口气硬，没事就给人找不痛快的"狠角色"，常常就真的只是悍妇而已，没太大本事。

既然说是姐妹，那么彼此分享的当然不只是光鲜，还有秘密。

当年自行车车库墙壁上的几道粉笔线，属于她和她的初恋。

5

12岁那年，在本市举办的小学生科技夏令营里，夏瞳遇见了一个聪明的小胖子。他当时身高也就1米6，比同岁的夏瞳都矮一丢丢，眼睛圆溜溜的，十分秀气脑腆，又透着股机灵。

"我也不知道为什么，在一票聪明帅气的小孩堆里，就觉得那个小胖子好可爱，好有吸引力。"——夏瞳自己都觉得费解。

后来两人都考进了树德中学。初一时，小胖子的体检单被一个酷爱恶作剧的熊孩子抢过来，满教室地边跑边大声念评语："矮小，肥胖！矮小，肥胖！"

小胖子又气又羞。夏瞳一把从熊孩子手里拿回体检单，物归原主。那以后，每天清晨上学时，两人就在自行车车库的墙壁上互相量身高，用粉笔重重地画成线。他们还养成了每天早上带一盒牛奶上学的习惯，量完身高后，通往教学楼的路上，在操场边走边喝。

就这么喝了快三年的"早餐奶"，夏瞳身高长得不多，体重倒升了不少。而小胖子，仿佛在一个暑假里重生了一般，高一开学时，体重还是原来的体重，身高拉长到了1米8，直接把老同学们吓傻。

"夏瞳，做我女朋友吧。"眼前这个英俊又高大的帅哥，终于表白了。

交往了一年后，17岁时，"小胖子"终于在长到1米85后停止了"生长"，那时才70公斤重，堪称有完美外形的他，已经是树德高中里无人不知的校草了。

他们俩又回到初中校区，在自行车车库的墙壁上，留下了最后一组粉笔线。20 厘米的最萌身高差和他们的爱情，都镌刻在上面。

后来，她去了剑桥，去了纽约，不管异地相隔多远，男朋友都还是同一个"小胖子"。直到她硕士念到第二年，两人分手了。

这中间有多少温暖缠绵，心痛幻灭，山穷水复，都锁在了他们的那八年。

6

夏瞳知道了我在工作之余又开始写作时，特别开心。

这两年，她像个老小孩一样，三天两头就搞些不着调的鬼点子来。

"是不是需要发微博？要不要我找个大 V 来帮你转？"

"用不用买点粉丝给你？你现在这样也太寒碜……"

"得有曝光度是吧？介绍个小鲜肉给你炒炒？"

越……说……越……离……谱……

我一本正经地说她："你不用瞎操心，那些都是虚的。"

"哦，那我帮不了你啦……"她叹气。

"谁说的？"我话茬一转，"你能帮的忙可大了呢！"

"什么忙？"

"我想写你啊！"我隔着手机屏幕两眼放光。

"我有什么好写的。"她吃惊，"还不如找大 V 给你转鸡汤呢！"

"不要害羞嘛！放心，我会把信息都处理好的，肯定不会让你暴露哈哈哈！"

"咳，我一无名小卒，谁知道我是谁啊！你照实写也无所谓。"她还是大方地答应了。

那篇文章我写了很久，因为关于她与小胖子之间的感情，有太多深沉而道不尽的东西，所以格外用心、耗时。

写完后，把稿子发给她看。她回了一句："哎呀妈呀，你可把我夸上天了呢！"

文章定稿，我准备发到网上去。发之前，还是象征性地又跟她打了声招呼。Line 显示信息已读，她却迟迟没回话。

半个小时后，她问："发了吗？"

我说："没呢，马上。"

她传了段语音过来："司康，对不起，你看能不能……还是别发了。"

我惊讶："为什么？"

"是我不好。"

　　她的声音里全是羞愧："我也没想到，原来我，还没有放下。"

7

　　夏瞳最喜欢的歌，是陈升的《美丽的邂逅》。她最爱的那句歌词是——爱是那么难以说出口，到后来变成美丽的邂逅。

　　分手的第一年，她去沙漠住了三个月，给我传来她拍下的钻石星辰。

　　第二年，她去了趟南极，和企鹅宝宝一起笑得灿烂。

　　第三年，她去大溪地考潜水证，也在那里邂逅了未婚夫 Jeff。

　　在我写出那篇关于她的文章时，距离她和小胖子分手，已经过去整整五年。拥有完美的爱人，过着令人艳羡的生活，这一秒心里想到什么下一秒就有能力去实现……这样的她，竟对一段早该蒙灰结痂的过去还有记挂。

　　多么奇妙的一件事——在感情世界里，当真人人平等，并不会因为你更聪明一些，更美丽一些，见过的世面更多一些，就比任何人少受苦，易遗忘。

　　"以前的照片，邮件，所有的痕迹，我全都删了。不敢再听水木年华，不敢看《大话西游》，连《仙剑》也不敢打了。"她颤抖着说，"我相信我是爱 Jeff 的，对过去我也已经没有留恋。只是当你把它们深情地写出来，我竟然……竟然不能看。我自己都觉得惊讶，对不起，我要给自己个差评。"

听完她的话，我把那篇就差按下提交键的长文删掉了，连原稿文档都删了。就算全世界都认不出故事的原型是她，但，她自己知道啊。那毕竟是她的故事，她的爱情，而她对我而言是很重要的人，她若看不得，我怎么能留。

那之后，她总觉得有愧于我，想弥补点什么。其实文章废就废了，我并不在乎，让我感到备受打击的，是她的那句"还没有放下"。

我没想到，我那活出了世上所有女孩最想要的样子的夏瞳姐姐，竟有一件碰不得的事。她快意人生的内面，是对一个人和一段过往的逃避，不面对，也不回忆。

人们说，能说出来的委屈，便不是委屈，能被抢走的爱人，便不是爱人。而夏瞳，有着一个不为外人所察觉的伤口，早已结痂、脱落、褪色，什么都看不出来了，可但凡戳到，居然还会疼。

这让我想起，另一位老朋友在大学时失恋，人人网里所有关于男友的日志、照片，她都没删掉，原封不动地留在原地。有人怀疑，难不成是忘不掉，还在留恋?

事实证明，她确实花了一年多才走出失恋的悲伤，但那并不是她不删日志照片的原因。她只是觉得，人生中的每一次际遇，每一段回忆，不必因为结果不好，就通通删光抹净。

大学毕业后，她遇到了一个比她年长的恋人，对方是那么成熟而优秀，绅士而体贴。她说，和他在一起，使自己想成为一个更好的人，并且已经渐渐在成为着。

她跟学生时代的前男友许多年没联络，他们在不同的城市，不同的圈子，过着鲜有交集的生活。突然有一天，他看见了她的Instagram，很大方地去留了个言。她如当街偶遇久违的老友一般，坦诚地说:"Hey，没想到你会来看我。"

那时，男孩也已有了相爱的女朋友。他们就这样，在陌路多年以后，在能更成熟地反思过去、懂得感情的时候，很偶然又很自然地，回到了朋友的位置。在大学聚会的合影中，他们都笑得灿烂。她在照片描述里写下这句话:

So happy that...in the end we all find the right way back, no tears and no regrets, just need to be yourselves.

是的。曾经因为不适合，爱得吃力又勉强，爱得两败俱伤。曾以为，分开后再不会有任何交集，没想到有一天，我们都找到了回去的路，没有眼泪也没有悔恨，只有自信、满足和对彼此的祝福。

那么，即使当初的主页里还残留着过往痕迹，又怎样呢？不过就是一段自己走过的路，页面早已落灰，账号密码都记不起来了，何必要再走回去，只为了把脚印擦掉呢。

毕竟，它们在与不在，都没有人在乎。

你说，什么是打心底真正地放下？

是看见也不觉得难受，想起也不感到痛恨，相遇时还能好好打声招呼。

是我有我的幸福人生，你有你的美妙前程，我们不是彼此的归属，但也可以给一句祝福。

真正的放下，就是不再有"说不得，看不得，碰不得"。

然而，世上总还是有人，无论如何，就是做不到呀！

8

松饼被我吃得精光，大杯拿铁下肚，与 Fish 和早早聊到口干舌燥，这场盛大又神秘的艺展终于拉开了序幕。

秦锦织姗姗来迟，Max 像个神经紧张的骑士一样护在她左右，此时的她小腹凸起，已有五个月身孕。我们几个老大不小还觉得自己是少女的干妈和阿姨，立刻围上去对着她的肚子狂摸起来，然后硬生生把孩子他爸挤到一边，簇拥着锦织走向展厅。

远远地，就看见身穿阔领白衬衫，配以深灰色不对称裹身裙的夏瞳，站在雕刻区的中央。纤细的右手腕上是镶嵌着橄榄石的金属手环，锁骨之上、脖颈中间的黑色 Choker，与简洁优雅的搭配相得益彰。今天，她是全场的主人。

夏瞳看到我们，立刻走过来。我们也扬起兴奋的小脸，拥抱着她。Max 上前与她握手，用中文道出恭喜。是的，这一次，与其说是 Max 跟着锦织来，不如说是锦织跟着 Max 来的。

虽然锦织货真价实是夏瞳的学妹，但不同于 Fish、早早和我，锦织原本跟这个比她大两岁、早三届的学姐并不很熟。反而是 Max 那个当大学教授的妈妈，曾经在剑桥任教过两年，就是那么巧，夏瞳是她的学生之一。那两年 Max 全家都去剑桥过圣诞，Max 妈妈邀请既不回国，又在英国没亲人的留学生到家里一起过节。Max 与夏瞳就这样结识，成了很不错的朋友。

那时他哪里会想到，自己未来命中注定的爱人，就是夏瞳的学妹呢！

世界真小，缘分多奇妙。

夏瞳跟我们尽可能多说了几句话，就被工作人员叫走，去应付艺术收藏家们了。

她还是那么美丽，那么亲切，那么神采飞扬。

我注意到，她曾戴在左手中指上的订婚戒指，已经悄然除下。

看来，那个睿智而阳光，温润如玉且气宇轩昂的 Jeff，也没能写下一页反转的童话，成为夏瞳最终的归宿。

9

"你说，你到底想要什么？"

那天晚上，在散场后的展厅里，我和夏瞳脱下高跟鞋，坐在地板上，喝着艺展剩下的香槟。

"谁知道呢。我一直觉得，自己是个很擅长发现内心声音的人，一旦明确了想要的生活，便努力去追寻，这些年，大约都做到了。

"可是原来，爱情是这么难以捉摸的东西啊！我竟辨别不出，什么是自己真正想要的了。但好在，我至少还能辨别出，什么是自己不想要、不喜欢的，于是能忍心放手，起码给对方一个遇到真爱的机会。"

她缓缓地说。

"那你的真爱呢，就再也不会有了吗？"我在酒精的微醺下，竟有点想流泪。

"会有吧。你看，像锦织和 Max 那样，跨越千山万水，都能遇到真爱。"她呢喃着，"我也会有的吧。"

这一刻，我突然觉得，大千世界，爱上一个忘得掉的人，谈一场失败之后能彻底放下的感情，是值得庆幸的事。有的人就没那么幸运，受到的煎熬，总比旁人更多、更久一些。比如夏瞳，却不仅是夏瞳。

好在，这不至于令人绝望，你看今天的夏瞳便知道，即使背负着无法遗忘的伤痕前行，你还是可以活得很好。伤口在被掀起时会痛，但它疼不死人，在大多数时候，你还是可以寻梦圆梦，做一个快乐而勇敢的人。

至于那无法释怀的，何苦强求于一时三刻。毕竟，谁的人生还没有点问题，没有点遗憾？只不过，你的问题在这里，我的遗憾在那里罢了。

也许很快会有那么一天，夏瞳突然跑来对我说：你放心写吧，我可以看了！

到那时，我便能重新提笔，她和小胖子的故事，也许会成为某本书里的一页，以某种形变而神不变的方式，呈现在大家眼前吧。

当然，那并不是最重要的。我只愿我的夏瞳姐姐，以及所有与她一样，在努力向前，却又力不从心的人，有一天能亲手撕破那层透明隐形的伤疤，因为足够幸福，而能笑对过往。

但在那一天到来之前，或哪怕那一天永远都不会来，我依然爱她。

10

爱有什么难以说出口，不过是一半勇敢，一半忧愁。

就让那无言散去的未央歌，到后来变成美丽的邂逅。

BEAUTY

没有爱，你走不到这里

AND THE CITY

1

在飞机上醒来时手脚冰冷，也不知什么时候睡着的。毯子卷曲着歪在一边，耳机掉在地上，小屏幕上的电影已经走到尾声。空姐递来一杯热茶，我握着暖手。

这半年里每个月都要去洛杉矶出差，多年前留下了人生中最美好回忆的这座城市，最近越来越令我头疼。好在从东京有直飞，不用转机奔波，新航的空姐又温柔，差旅也就没那么苦。

重新戴上耳机，反复撩拨着电影目录，这条航线上的片子也是快被我看烂了。扫到倒数第二页，上下夹击的口水片中间，《阿甘正传》突兀地躺在列表里。

我一直觉得像这种看过太多遍的老经典，并不算是打发时间的首选。但在没有更适合的选项时，它躺在那里，你又很难拒绝。

我按下了播放键。

连百度都默认，影片的女主角是那个叫珍妮的悲剧女人。可是从小学四年级在阶梯教室里第一次看到这部电影，我就把最佳女主角颁给了阿甘的妈妈——在贫穷与纷乱中为儿子撑起一个有尊严的童年，也为了能让儿子有书读而与校长苟且，只要是为了你，可以温暖慈爱如圣母，也可以脏污到沟渠深处。

而最最难忘的，还是阿甘因为智力测试不合格而被学校拒收时，妈妈在办公室里竭力争取的场面。

她问："您说的正常水平指什么？"

她说："这区区五分的问题一定会有办法解决的。"

她告诉阿甘："永远不要听信别人说他们比你强。"

她爱他，并相信他，她从未放弃。

2

5岁那年，我因为喜欢舞蹈而考去了少年宫。

虽是艺术班，下午也是有文化课的，只是我年纪太小了，常常听不懂。

有一天放学，班主任让我带一封信回家给妈妈，我乐呵呵地照做了。

　　我至今还记得那天晚上，我和妈妈在厨房里，面对面地坐在小板凳上。她打开信，读完也没什么特别的反应，只是轻声问我："学校的功课很难吗？"

　　我告诉她："最近学算术，我只会背 1+1=2，但是 2+1 开始就不会算了。"

　　妈妈说："是吗，那我们现在来试试看吧。"便坐在小板凳上教我加法。也许是她方法得当吧，不一会儿我竟然就学会了。她又反复测试几次，发现是真的会了，便自豪地大笑："我就说嘛，我的女儿肯定没问题！"

　　原来，班主任因为我几个星期都学不会简单加法而颇感担心，给妈妈写了那封信，表示我的智力水平似乎不正常，应该早做打算。

　　教会了加法后，妈妈问："为什么几分钟就能学会的，你在学校这么久都不会算呢？"

　　我想了想，说："老师上课问的是：'二和一等于几？'不是'加'，而是'和'。最近电视上的广告在演'飘柔二合一'，所以老师一说'二和一'我就想到飘柔，搞不懂要怎么算。"

　　妈妈听了又笑了，捏着我的小脸说："真聪明，我女儿怎么这么棒呢！"

　　即便在我还小得不懂事的时候，我也隐约明白，妈妈对我是充满信心的。

在经济并不发达的年代,她尽全力支持我的每一个梦想与任性。尽管三分钟热度的我并没有成为钢琴家、舞蹈家或美术家,她也从不后悔在我身上花费的每一分心血。

她是我人生中第一位老师。当3岁半的我从江南回到东北,满口方言无法跟任何人交流时,她耐心地教我背完《唐诗三百首》,使我练就了标准的普通话;在我识字后热衷于收集世界童话故事的那几年,她纵容我把整面书柜塞满版本不同内容却一模一样的故事书。有一次新版上市,整套的油墨彩页精美无比,可售价要600块。那可是20世纪90年代的600块啊。她看着捧着书本不愿放手的我,硬是掏光了钱包买下来。是她,启蒙了我对文字艺术的兴趣和热爱。

因此我不该惊讶,当年幼的我被老师误会是智障时,她不嫌弃我丢了她的脸,不责怪我"净想些乱七八糟的",而是夸赞我拥有出众的记忆力和想象力——至少她一直这么坚信着。

3

飞机降落成田机场。

往常这是我解放的时刻,但这一次,东京只是中转站。在三天的逆时差工作和十二小时的飞行后，我还要拖着沉钝的身体，顶着干燥的皮肤，等待三小时后的转机，去往我的目的地。

在等候区打开手机刷微博，看到一个女孩发来长长的私信。她说她好想家。

出国留学第一年，别说享受异国文化了，连读书都无法专心。好想念爸爸妈妈，这一刻强烈地觉得，能跟家人在一起，吃一口家常便饭，是那么奢侈的幸福。

她问："要怎样才能不这么难过？司康姐姐，你在国外这么多年从来不想家吗？我这种软弱没出息的人，一定永远无法像你一样坚强吧……"

我不由得笑了。介于苦涩与欣慰之间的，是只有真实的回忆才能解释的笑。

我从小就特别恋家，胆小、爱哭、离不开父母。

幼儿园有长托寄宿，但我从来没有用到过，每天一放学，妈妈一定准时来接我。只有一次，爸爸去外地出差，妈妈也有推不掉的会议，于是她问我："咱们住一次幼儿园，和小朋友们一起玩，就一个晚上，好不好？"我说："好啊。"

妈妈买了三大兜我最爱的零食，下午特意来幼儿园见我一面，拜托老师好好关照。

晚上，我跟小朋友们一起做游戏看动画片，吃园里发的饼干和牛奶，最后在老师的组织下洗漱上床。盖好被子熄了灯，挺过这一夜，我就成功了。

然而我并没有挺过。我望着漆黑的天花板，委屈地抽泣，越哭越汹涌，怎么抱怎么安慰都没用，据说"哭到像要断气了一样"。最后没办法，老师还是把妈妈找来了。我提着原封不动的三大兜零食，雀跃地跟着妈妈回了家。

一进家门，我便一屁股坐在走廊上，开心地吃起零食来。妈妈站在我身后，很久没有说话。

那一次她是怎么处理的工作，有没有引起麻烦，后续有什么影响，我当然是不知道的。但那之后，她再不曾提过让我住宿，她更加尽力地以我为优先地活着。

妈妈是个公认的才女，十五六岁时已在多家刊物发表过文章，单位里最重要的稿件永远是她来执笔。连我都时常听人说，如果不是为家庭牺牲，她的事业远远不止今天这样而已。

而我虽没有遗传到太多爸妈的特长，记忆力却好得吓人，所以4岁那个晚上发生的一切，至今都历历在目。当年的我顾不上回头关心她一下，如今回忆起来却仿佛能从空中看到一切——她站在幼小的女儿身后，沉默着，忧虑着，无助、自责，又不得不温柔地消化这一切的样子。

这画面令我难以言喻地心疼。那一年她还不满 30 岁。

妈妈的才华注定只能用在事业与家庭中的一个上，她选择了后者。

在"学区房"这个词还没诞生的二十年前，她几经辗转地把我们家搬到了一个神奇的地方——全市最好的小学对面，距离被神化了的树德中学也只需走路十分钟。

如此，我不必花钱走关系，就能自动被划分到对面的小学。而树德虽说不能划学区，要自己硬考，但妈妈坚信最好的小学教育，势必有助于考入树德。而一旦考入树德，"家近"会是影响每一天的大事。

是的，她搬一个家，涵盖了对我未来十几年教育层面的考虑。为此，我们要忍受房屋老旧，地板生虫，甚至连一个能让妈妈好好施展手艺的宽敞厨房都没有……换来的则是在考上树德以后，当近三分之一的学生因为家远而选择了住校，大多数走读生每天要花一个小时在上学路上时，我这个大懒蛋，前脚放学后脚就到家，到家后立刻有妈妈做好的晚饭，早上还能多睡一会儿。

15 岁那年，妈妈提议将来出国读大学，我欣然同意。

然而当我升入树德高中那前不着村后不着店的外语校区，课业繁重不说，还实行全军事化管理，严禁手机和一切课外读物，没有班主任批准不许出校门一步，每周只能回家一天……从没离过家的我立马崩溃了。

我终日以泪洗面，无视周围视我如怪物的眼神，一下课就跑去走廊打 IC 电话，跟妈妈哭诉我好想家，我不在乎念不念好学校、出不出国，我要转学，我要回家跟妈妈在一起……

妈妈只能不停地安慰我："现在心软了，将来你会怪我的……连住校都忍不了，以后就做不成任何事了。"……然而道理讲尽，也阻止不了我的肝肠寸断。

第一个星期，哭了一整联面巾纸。

第二个星期，也哭了有两三包。

第三个星期，哭得少了，也不再疯狂地打电话。

一个月后，彻底不哭了。

我回复那位姑娘的私信，想了很久，写下一行——"最开始，总是最难的"。

想起我刚学日语时，看着歪七扭八毫无记忆点的假名们，简直绝望。但咬紧牙关闯过去，往后就真的越来越轻松了。学一门新语言也好，开始一种陌生的生活也罢，无论什么事情，迈出第一步都是个艰难的过程，既需要勇气，也需要忍耐。

你必须带着希望，相信翻过这座山会有不同的风景。你要从初来乍到，兵荒马乱，到慢慢融入，最后驾轻就熟。

高一下学期，我为了备考托福去北京补习。在新环境里结交着天南海北的新朋友，开心得要死。那一个多月里，跟家里的联络基本都是妈妈主动打给我。她还挺纳闷，才不到一年，怎么就从住不了校的爱哭鬼，变成四海为家的野丫头了？

高三毕业，出国考学，自己决定学校和专业。等接到早稻田大学的录取通知书后，才想起来"通知"妈妈一声。

在东京这个偌大而陌生的城市里，倒也没去想太多，只是上着要聚精会神才能听懂的课，住在聚集了世界各地留学生的宿舍，一个人负责生活中的一切。

当然不是不辛苦。熬夜吐血时把自己吓个半死，匆匆忙忙找医院，独自坐在急诊室里，夸张地想着遗言；煮鸡蛋被沸水烫伤整条腿，边哭边拿雪糕盒冰敷，忍着剧痛一瘸一拐去买药，自己学着包扎，倒也痊愈了。种种疤痕褪去，疼痛很快便忘了，但那些经历，永远刻在你的人生里，从不会浪费。

就这样，直面生活，交一些有趣的朋友，也爱上与自己独处。然后渐渐摸到了理想，开始了"生命在于折腾"的奋进期，天南海北地跑向目的地，把每个假期用在各个实习岗位上，回国两个月，能在家待上两周就不错了。

我知道，是妈妈的爱，亲手将我送上了一条越走越远的路。而在这条路上，我被赋予了更多机会，去找到自己想要的人生。

4

思绪被一阵通话声打断。

隔着几个座位之外，是个留学生模样的年轻女孩，卫衣球鞋马尾辫，背着相当于一个月打工薪水的 LV 包，带着浓重的口音，不耐烦地嚷嚷着："哎呀知道了知道了，我快上飞机了，再过几个小时就到啦！"

我看着这一幕，竟觉得还蛮可爱的。想起刚出国时，给妈妈打第一通电话报平安的情景。她故作自然，我却能从第一个"喂"字就听出来她哭了。她装作没事的样子跟我提起，下班后习惯性地去家乐福买烤鸡腿，回到家拿出来才想起，还买什么烤鸡腿啊，吃的人都走了——据说这件事她花了好几年才适应。

如果人生是一场电影，此处适合半屏分镜，左边是当年恋家哭哭啼啼渴望母亲安慰的我，右边是此刻一双慈目望眼欲穿又不敢流露的她。如果亲子间的依恋也遵守能量守恒定律，那么随着我们渐渐长大，天平的角度会对调得越来越深吧。

登机时间到了，我跟着队伍走进机舱。

这是个神奇的时代。在今天，你要去一座城，要见一个人，不用策马数月，不用颠簸冒死，那城里等你的人，也不用担心自己是否一等就是半辈子。

飞机腾空而起，这漫长旅途中被勾起的滚滚思绪，也余音未了地在我脑中发酵着。

小时候觉得父母是超人，无所不能，天塌下来有他们扛。长大后，才明白原来超人也不过是芸芸众生中最普通的凡人，并没有打不垮的斗志，压不弯的脊梁。他们也曾年轻，也会恐惧、迷茫。他们所有的智慧和远见都是因你而生，他们的巅峰是你，底线也是你。

你会看到他们脆弱的样子。

——爸爸去世时妈妈才30多岁，每天早晚放邓丽君的《再见！我的爱人》，独自在房间里抚摸过去的影集。

你会看到他们不光彩的样子。

——中学时我因为被班主任针对而不敢上学，妈妈便时常拿着厚厚的文件袋去办公室拜访，多年后我自动明白了，文件袋里装的是什么。

你会看到他们杞人忧天的样子。

——高三出国前，妈妈担心单亲会不利于我拿到留学签证，而因此自责不安，尽管她根本没有任何过错。

你也会看到他们回归凡间，不再高大亦不再全能的样子。

——当我们终于搬出了老旧的学区房，有了宽敞高级的大厨房，妈妈却得了腱鞘炎，提不起菜刀了。但她依然在每一次我回家时，用磨丝板和铲勺为我做出熟悉的味道。

所有这些，就是我们必须面对的。他们会生病，会衰老，会遭受慢性顽疾的折磨，会动了手术还瞒着不告诉你，会因为想念而时不时没话找话地与你搭讪，会苦于没有共同话题而冷不丁地发一些微信表情。

他们会渐渐地剥离"父母"的外衣，而仅仅是一个"尽力了"的老人。

5

三个半小时的航程转眼落地。我迅速出关，跳上出租车，告诉司机："去市府剧场。"

是的，这个让我昼夜赶工，几乎是耍赖式地将四天出差压缩成三天，将航班终点改为中转，只为了能赶在此刻到达并留下过个周末的，我旅程的目的地，就是——家。

我脚下生风地走进小剧场，摸黑找了个座位坐下，看看节目单，大概还有五六组。

在经过了四十五分钟主旋律歌咏的洗涤后，我等待的队伍上场了。男士清一色藏青西装，女士是水蓝色长裙，像何仙姑一样的演出服，额前还垂着朵小花。站在第三排中间，个头小小的，皮肤白白的，眼睛大大的那个，就是我妈妈。

我走到过道上半蹲着拍照，引来不少中老年观众的注目。台上的她好入戏，圆圆的小脸上两朵粉扑扑的腮红，时而笑得欢腾，时而坚定严肃。

二十多年前，我在幼儿园的文艺会演上跳《小鸭子》时，她也是这样兴奋地守在一边不停地拍照。二十年后，BP机变成了iPhone，拨号联网变成了无线Wi-Fi，傻瓜相机变成数码微单，台上与台下的人对调了位子。而我要感谢岁月，不只是残酷地改变了我们的容颜和体能，也让一场美好的轮回来得及发生。

我不是阿甘，我的人生要平凡得多了。你也许也不是阿甘，你甚至可能觉得，自己连考上树德之类好学校的天分都没有，而把自己看得很小、很低。但你要知道啊，天下的妈妈，都好像阿甘的妈妈。

她相信你是世上最好的孩子，她不因任何事而放弃你。她一生做你的灯塔，即便你总有一天不再需要她的指引。你有了你的星辰大海，你的梦想与航线，你可以为自己的生命负责，以自己的意愿选择一切。

今天的你可以站在任何地方，北上广的高楼，新马泰的沙滩，东京纽约洛杉矶的华丽办公室，或者希腊塞班夏威夷唯美的度假村。你也许追逐到了理想的山顶，也许遇到挫折正在谷底喘息，也许成功，也许并不顺利，但林林总总高高低低，这一刻无论你站在哪里，都是踩着父母倾尽全力所搭成的阶梯，没有爱，你走不到这里。

阿甘妈妈的台词总令人深思。她不光告诉我们人生就像一盒巧克力，也在弥留之际留下了这段话：

"时辰到了，我的时辰到了。宝贝，别害怕。死亡是生命的一部分，是所有人命中注定的事。过去我并不知道，但命中注定我做你的妈妈。我尽力了。"

我们都知道那个时刻必然会到来。

而我现在所做的一切，只是希望到那时，我作为留在世上的那一个，不会因为自己"没有尽力"而后悔。

图书在版编目（CIP）数据

这世界欢迎梦想与美貌 / 桃子与司康著 . —长沙：湖南文艺出版社，2017.10
ISBN 978-7-5404-8255-8

Ⅰ . ①这… Ⅱ . ①桃… Ⅲ . ①散文集 – 中国 · 当代 Ⅳ . ① I267

中国版本图书馆 CIP 数据核字（2017）第 190499 号

上架建议：畅销·青春文学

ZHE SHIJIE HUANYING MENGXIANG YU MEIMAO
这世界欢迎梦想与美貌

作　　者：桃子与司康
出 版 人：曾赛丰
责任编辑：薛　健　刘诗哲
监　　制：李　娜
特约策划：阿　田
特约编辑：张明慧
营销编辑：三　岁　周怡文
封面设计：利　锐
版式设计：李　洁
内文摄影：zz
封面插图：叶　比
出版发行：湖南文艺出版社
　　　　　（长沙市雨花区东二环一段 508 号　邮编：410014）
网　　址：www.hnwy.net
印　　刷：北京嘉业印刷厂
经　　销：新华书店
开　　本：880mm × 1270mm　1/32
字　　数：173 千字
印　　张：8.75
版　　次：2017 年 10 月第 1 版
印　　次：2017 年 10 月第 1 次印刷
书　　号：ISBN 978-7-5404-8255-8
定　　价：39.80 元

质量监督电话：010-59096394
团购电话：010-59320018